El papel utilizado para la impresión de este libro ha sido fabricado a partir de madera procedente de bosques y plantaciones gestionadas con los más altos estándares ambientales, garantizando una explotación de los recursos sostenible con el medio ambiente y beneficiosa para las personas. Por este motivo, Greenpeace acredita que este libro cumple los requisitos ambientales y sociales necesarios para ser considerado un libro «amigo de los bosques». El proyecto «Libros amigos de los bosques» promueve la conservación y el uso sostenible de los bosques, en especial de los Bosques Primarios, los últimos bosques vírgenes del planeta.

Papel certificado por el Forest Stewardship Council®

Primera edición: noviembre de 2015
Segunda edición: mayo de 2016

© 2015, Herederos de José Luis Giménez-Frontín
© 2015, de la presente edición en castellano para todo el mundo:
Penguin Random House Grupo Editorial, S.A.U.
Travessera de Gràcia, 47-49. 08021 Barcelona
© 2015, Fernando Savater, por el prólogo
© 2015, Iban Barrenetxea, por las ilustraciones
Maquetación: Javier Barbado

Penguin Random House Grupo Editorial apoya la protección del *copyright*.
El *copyright* estimula la creatividad, defiende la diversidad en el ámbito de las ideas y el conocimiento, promueve la libre expresión y favorece una cultura viva. Gracias por comprar una edición autorizada de este libro y por respetar las leyes del *copyright* al no reproducir, escanear ni distribuir ninguna parte de esta obra por ningún medio sin permiso. Al hacerlo está respaldando a los autores y permitiendo que PRHGE continúe publicando libros para todos los lectores.
Diríjase a CEDRO (Centro Español de Derechos Reprográficos, http://www.cedro.org) si necesita fotocopiar o escanear algún fragmento de esta obra.

Printed in Spain – Impreso en España

ISBN: 978-84-204-8115-9
Depósito legal: B-21550-2015

Impreso en Cayfosa (Barcelona)

AL 8 1 1 5 9

Penguin
Random House
Grupo Editorial

MIGUEL DE CERVANTES
Versión de JOSÉ LUIS GIMÉNEZ-FRONTÍN

DON QUIJOTE
DE LA MANCHA

Prólogo de FERNANDO SAVATER

Alfaguara

Prólogo
El camino de don Quijote

¿Quién no conoce al caballero don Quijote y su escudero Sancho Panza? No hace falta siquiera haber leído la famosa novela de Miguel de Cervantes. Si vemos dibujado a un jinete flaco con una barba como de chivo, vistiendo armadura y empuñando una lanza, cabalgando un caballo más flaco aún que él y seguido por un campesino rechoncho sobre un pequeño asno, todos —grandes y chicos— sabemos a quienes tenemos delante. Y si además se ven al fondo unos molinos para completar el cuadro...

Y es que don Quijote y Sancho se han escapado de las páginas del libro donde nacieron. A veces hay personajes literarios capaces de semejante travesura.

Una novela, por grande que sea, se les hace pequeña y aspiran a correr mundo libremente, a inventarse su propio camino a través de las tierras y los siglos.

Y tú, aunque no hayas leído a Cervantes, ya sabes bastantes cosas de esa extraña pareja que forman el caballero andante y su escudero. Sabes que don Quijote estaba bastante chalado, que se creía invencible cuando en realidad solía acabar sus aventuras apaleado, que confundía a los molinos con gigantes y a las ovejas con un ejército enemigo, a pesar de las advertencias del sensato Sancho. Quizá incluso hayas oído hablar de Dulcinea, la dama de sus pensamientos, cuyo nombre veneraba casi como el de una diosa. ¡Ay de quien se atreviera a poner en duda delante de don Quijote la belleza de Dulcinea! Con su dama, el caballero no toleraba bromas...

A lo mejor crees que con todo eso que ya conoces sobre el personaje no te hace falta leer el libro de Cervantes. ¿Para qué molestarte, si ya te lo sabes? Pero te aseguro que estás equivocado. Si no lees la

novela, te perderás muchas cosas buenas. Para empezar, otras peripecias del caballero andante y su escudero de las que no has oído hablar pero que son sumamente divertidas y extravagantes. Además escucharás hablar a don Quijote con Sancho y te darás cuenta de que sólo estaba loco para los asuntos de caballerías pero en todo lo demás estaba muy cuerdo y hasta era en cierto modo un sabio. En esas conversaciones aparece también algo muy bonito, incluso te diría que emocionante: el nacimiento de una amistad. Don Quijote y Sancho son dos personas sumamente diferentes, podríamos decir que opuestas en todo, tanto en lo físico como en lo intelectual (¡imagínate, don Quijote ha perdido la chaveta de tanto leer libros mientras que Sancho ni siquiera sabe leer!). Al principio están bastante distantes el uno del otro, no se entienden demasiado bien: el caballero manda y el rústico obedece, rezongando un poco a veces y nada más. Sin embargo, a lo largo de la novela van fraguándose entre ellos vínculos de compa-

ñerismo y de auténtica amistad, que no excluye algunas broncas (si los amigos no regañan de vez en cuando es que no son amigos, sólo conocidos). Sancho admira a don Quijote, a pesar de que le ve equivocarse, sufrir y fracasar; don Quijote siente un afecto casi paternal por Sancho, a pesar de su ignorancia, de sus modales groseros y de que a veces abusa de su confianza. Cervantes nos muestra que es importante que los hombres sean sabios y valientes, pero sobre todo que sean capaces de entablar amistad con otros, aunque sean distintos a ellos.

Esta novela es el viaje por el mundo de un hombre, don Quijote, con todas las debilidades físicas y flaquezas morales que tenemos los seres humanos. No es un superhéroe ni mucho menos, no tiene superpoderes para arreglar el mundo ni es tan listo que tenga la solución de todos los problemas que encuentra en su camino. Pero es noble y nunca cruel; no hace lo que le conviene para su provecho inmediato, sino lo que cree que es su deber; confía en la bon-

dad de los demás, a pesar de ser engañado una y otra vez; y nunca se arruga ante los fuertes ni deja de proteger a quienes considera débiles o maltratados. Es verdad que hace muchos disparates, pero siempre con buena intención y nunca con malicia. Y, a fin de cuentas, ¿no es mantener a pesar de los pesares la buena intención en este mundo —en cualquier mundo, el de la época de don Quijote o el tuyo y el mío— el más limpio de los disparates, el único que uno puede estar satisfecho de cometer?

Fernando Savater

Introducción

Para leer, hoy, una adaptación del «Quijote»

Cuando Cervantes hace visitar a su personaje, el Quijote, una imprenta de Barcelona, pone en su boca la observación de que leer una obra traducida es como mirar un tapiz por el envés. ¿Cuál habría sido su comentario sobre las adaptaciones juveniles, de haber existido éstas a principios del siglo XVII? Acaso, que son como mirar un tapiz por el derecho, pero con un catalejo del revés...

Aun así, esta visión minimizada de los dibujos del tapiz tal vez tenga sentido si consigue hacer pasar un

buen rato a sus lectores y, como por añadidura, irles enseñando las reglas de un juego apasionante, capaz de hacerles vivir las más insospechadas aventuras. Estas aventuras son, en efecto, intelectuales, pero no por ello dejan de ser aventuras, y aventuras de riesgo. Y el juego no es otro que el de la novela; quiero decir el de la *novela contemporánea,* cuyos rasgos más característicos se hallan apuntados, cuando no desarrollados y agotados, en las páginas del *Quijote.*

Ya sabéis que, desde su publicación, los lectores de todas las lenguas y culturas han calificado *El Quijote* como la primera y más genial novela de la literatura universal. Pues bien, para comprender esta afirmación tendremos que detenernos en algunas de las claves de su lectura, tendremos que tomar posesión de estas claves que, como su nombre indica, son *llaves* que nos abrirán las puertas de la lectura y son *secretos* que de pronto dejarán de serlo. Veamos.

Una sátira moralizante

Lo primero que a veces ponen de relieve los manuales escolares es que *El Quijote* es una burla de los libros de caballerías: una sátira tan genial que contribuyó decisivamente a acabar con el gusto por la lectura de aquel género tan popular en el siglo XVI español. Todo esto es muy verdad y, sin embargo, ¿a quién puede importarle hoy día? Ruego en este punto un poco de imaginación al lector. Los libros medievales de caballerías contaban aventuras y heroicidades de unos guerreros fantásticos e indestructibles, enfrentados a enemigos no menos grandiosos. Eran un portento de libertad e imaginación narrativas (y mucho del género satirizado impregnó el desenfado del *Quijote*), más o menos como hoy puedan serlo las series de aventuras de ciencia ficción. Hay que comprender, por tanto, que, cada vez que se alude en la novela a algún guerrero o a alguna situación típica de los libros de caballerías, se estaba haciendo alusión a personajes tan populares enton-

ces como hoy lo son algunos héroes de las series televisivas, cinematográficas, informáticas o gráficas de la ciencia ficción.

La diferencia entre las aventuras de los libros de caballerías y la ciencia ficción no estriba, pues, en la actitud o expectativas de los lectores, sino en que, ya en el siglo XVI, los libros de caballerías se remitían a un remoto *pasado,* mientras que la ciencia ficción se remite a un *futuro* cada vez más próximo.

Todo esto no tendría mayor importancia, si no fuera porque el personaje del Quijote, al creerse él mismo, en su delirio, un caballero andante medieval, provoca con su atuendo y vocabulario, entre los lectores de entonces, la misma irrisión que hoy día provocaría un hombre de unos cincuenta años que se lanzara a las carreteras vestido como un soldado de las guerras napoleónicas. Conviene recordarlo: el Quijote viste la armadura y esgrime las armas de sus *bisabuelos.* Y no sólo esto; también habla en una jerga arcaica y literaria que nadie en la calle hablaba en su época, es decir, habla co-

mo un personaje de una novela de caballerías. Por poner un ejemplo conocido, en su boca las mujeres hermosas son *fermosas* doncellas. Recordemos, pues, que la imitación burlesca no sólo afecta a las situaciones, sino al núcleo mismo de la narración, que es la lengua literaria de la novela.

Es evidente también que Cervantes, como la casi totalidad de los escritores de su tiempo, tiene una *intención moralizadora* cuando satiriza los libros de caballerías y combate sus efectos entre los lectores ingenuos (el mismo personaje del Quijote es un *lector ingenuo* que confunde la ficción con la realidad). Según Cervantes, el arte, las letras, no pueden servir para perder contacto con la realidad, sino para profundizar en su comprensión. Este era el talante intelectual de los *humanistas* europeos de entonces, enemigos por lo general de toda clase de literatura de ficción y de divertimento. Pues bien, es sorprendente que el más certero ataque contra los «peligros morales» que entrañaba la lectura de libros de aventuras venga re-

presentado por otro libro de aventuras, y que a un género de ficción se lo combata con *otro* género de ficción.

Porque, con *El Quijote,* se consagraba una ficción de signo bien distinto: se trataba de un texto que narraba la vida, no de un héroe inverosímil, sino la de un *vecino* de un pueblo como otros muchos pueblos. En definitiva, se trataba de una ficción sobre la *realidad.* Veamos hasta qué extremo esto era una novedad importante.

El realismo: una revolución literaria

No fue Miguel de Cervantes el primer escritor que tuvo la osadía de narrar hechos y acontecimientos posibles, es decir, el primero en contemplar la realidad como materia narrativa. En los tiempos modernos y en las culturas occidentales, este honor pertenece al anónimo autor del *Lazarillo,* en 1554, cincuenta y un

años antes de la publicación de la primera parte del *Quijote*. Pero *Quijote* y *Lazarillo, Lazarillo* y *Quijote,* son los dos legados que la novela castellana entrega en herencia a la literatura universal, que ya no será la misma después de la revolución que supuso el no contar la vida de héroes míticos, sino la de un desgraciado muchachito de Tormes y la de un enloquecido y entrañable hidalgo de la Mancha.

Hay quien afirma que la mentalidad del autor del *Lazarillo* y la de Cervantes tuvo que ser producto de la reacción de los castellanos «nuevos» frente al concepto heroico de la realidad que tenían los castellanos «viejos». Viejos y nuevos en sentido histórico y geográfico (la reacción más realista y abierta de los nuevos pobladores de Castilla la Nueva frente al aristocratismo de los habitantes de Castilla la Vieja y del reino de León), pero acaso también en un sentido religioso, entendiéndose entonces por «castellanos nuevos» a los «cristianos nuevos», es decir, a los conversos, sobre todo del judaísmo, a raíz de la persecución legal

contra las minorías étnicas y religiosas que instauraron los Reyes Católicos.

Otros autores observan que *El Quijote* ha sido la piedra fundacional y angular de la *tradición realista,* tan característica de la novela española hasta nuestros días. Y no falta quien observe que, a causa de su propia genialidad, *El Quijote* ha podido pesar como una losa en la novela posterior, coartando la libertad e imaginación de los escritores españoles posteriores (cuando *El Quijote* es una novela tan osada e imaginativa).

En fin, que los *cervantistas* han llenado miles y miles de páginas con sus comentarios a esta gran novela, y las seguirán llenando, porque una obra de excepción permite que cada lector le dé su personal y característica lectura.

Humor no es frivolidad

Llegados a este punto, observad cómo la genial combinación de realismo, intención moralizante y sátira de

los libros de caballerías origina una novela tremendamente divertida. Y divertida hasta el extremo de que, en su tiempo, los autores consagrados no se la tomaron en serio. Y es que siempre habrá gentes severas (a veces severas y además alicortas) que identifiquen por principio profundidad con ausencia de humor. Gentes incapaces de comprender a qué extremos de profundidad puede llegar el arma del humor en manos de un genio. Gentes que rechazarán la clave que nos propone Cervantes para la lectura del *Quijote* en el mismo prólogo a la primera parte de la obra (donde comprobaréis con qué inteligencia y con qué malicia se ríe de la pomposidad y fatuidad de los grandes escritores de su tiempo).

Habrá que recordarlo: *El Quijote* fue y sigue siendo una novela enormemente divertida, concebida para distraer, deleitar y alegrar el ánimo de sus lectores. (Hay quien afirma que Cervantes conocía la obra de Erasmo, enemigo declarado de la tristeza y la melancolía.) Pero *El Quijote* también fue y sigue siendo otras mu-

chas cosas, cosas que habrá que comentar brevemente a continuación.

LOCURA Y CABALLEROSIDAD; NO LOCURA O CABALLEROSIDAD

El tema de un personaje que quiere ser desmesurada *imitación* de otro o de otros personajes de ficción era perfectamente conocido por Cervantes. La originalidad del *Quijote* no radica ahí, sino en el hecho de que nuestro loco, el hidalgo Alonso Quijano, apodado el Bueno, es capaz de combinar sus arrebatos de irrealidad con la más sensata percepción de la realidad y de los valores éticos y sociales. El Quijote sólo está loco en lo tocante al tema de la caballería andante, es decir, en todo lo que atañe a su propia *identidad*. Su locura, además, es una locura *comunicativa,* capaz de liar en sus redes de irrealidad a los espíritus más sencillos (como Sancho Panza, su escudero), pero también, paradójicamente, a las mentes

que debieran ser superiores (el bachiller Sansón Carrasco, los Duques, etc.), que, en último extremo, no hacen sino adaptarse a las reglas del juego que les impone don Quijote, aunque lo hagan para burlarse de él o para curarle de su locura.

También se trata de una locura extremadamente coherente y astuta (tal como la ciencia moderna ha demostrado que suele ser el sistema de lógica interna de los delirios), hasta el extremo de que un autor ha pretendido que la única locura del personaje es la de empecinarse en *fingirse* loco.

Cabe añadir que, a excepción de algún arrebato de ira y mal humor, se trata de una locura *bondadosa,* empeñada en socorrer a las víctimas y en atacar a sus verdugos, una locura empeñada en hacer el bien. Pero esta bondad no es del todo desinteresada. Don Quijote no es un ser angélico, sino un hombre de carne y hueso que tiene sus motivaciones: *alcanzar la fama* gracias a su comportamiento ejemplar, a imitación de la vida y de las hazañas justicieras de los caballeros andantes.

Es curioso observar que, en el título de la primera parte, Cervantes llamó *hidalgo* a don Quijote *(El ingenioso hidalgo don Quijote de la Mancha),* mientras que en el título de la segunda lo califica de *caballero (Segunda parte del ingenioso caballero don Quijote de la Mancha).* En el castellano de la época, «ingenioso» quería decir «de carácter ocurrente, extravagante y excéntrico». Hay que observar que en la primera parte de la obra, cuando don Quijote es tan sólo un hidalgo, un noble provinciano de segunda o tercera categoría podríamos decir, es cuando el personaje hace gala de sus arrebatos más ingeniosos, es decir, más disparatados. Poco a poco, sin embargo, la bondad y caballerosidad del personaje parece que se vayan imponiendo a su propio creador, hasta el extremo del significativo cambio de «hidalgo» por «caballero» en el título de la segunda parte.

Más de un comentarista ha hecho notar, en este punto, que la locura del Quijote recuerda la locura de los *caballeros de Cristo,* empeñados en *imitar* a Cristo a raíz de la lectura de libros religiosos. Habrá que re-

cordar que el propio Sancho observa que su amo tiene mucho de *predicador* laico. El paralelismo parece bastante acertado, pero no conviene llevarlo a unos extremos excesivamente literales, o perderemos de vista la clave de humor en que está escrita la novela. Mas la observación es oportuna, aunque sólo sea para poner de relieve el sentido oculto y humanista del catolicismo de Cervantes (quizás conocedor, ya lo hemos dicho, de la obra de Erasmo de Rotterdam), quien no por casualidad se permite toda clase de bromas y de pullas sobre las prácticas del *catolicismo popular* (reliquias, ex votos, penitencias, etc.). No obstante, nada hay en la obra de Cervantes que permita hablar seriamente de un humanismo *reformado* como el de los protestantes europeos, y sí, por el contrario, de una religiosidad *ortodoxa* y de una sensibilidad muy española y de su tiempo, que no se escandalizaba, por ejemplo, de la quema de libros en una especie de *auto de fe.*

Otros autores, en cambio, quieren ver en el talante caballeroso de Alonso Quijano (para alabarlo o

para denostarlo) un claro símbolo del supuesto *carácter español,* al parecer tan dado a vanas *quijotadas,* a medio camino entre el ridículo más espantoso y el más generoso y noble de los heroísmos.

¿Qué es lo que sucede en *El Quijote*?

O sea: ¿de qué trata la novela de Cervantes? Ya hemos dicho que es la historia de un noble casi arruinado y cincuentón, que se vuelve loco con la lectura de las novelas de caballerías y pretende alcanzar la fama imitando a los caballeros andantes e imponiendo, con la fuerza de su espada, el bien en el mundo. Es decir, la novela trata, en registro satírico, de las consecuencias del hecho de perder *el sentido de la realidad.* Pero también hemos dicho que las cosas no son tan sencillas, porque el protagonista, sin dejar de estar loco, se va convirtiendo a los ojos de su creador (y de los lectores) en un auténtico caballero, hasta el extremo de ennoblecer espiritualmente a su

escudero y de convertirse en símbolo de generosidad y grandeza de espíritu.

También puede entenderse la novela como la crónica de la *creciente amistad y mutua influencia* entre los dos seres más antitéticos del mundo (aunque los dos coinciden en su bondad natural). Sancho y don Quijote, don Quijote y Sancho, son arquetipos *físicos y espirituales* de rasgos y valores contrapuestos, que sólo la genialidad de Cervantes logró fundir y armonizar más allá de su natural oposición: el espíritu y la carne, el valor y la cobardía, el amo y el criado, el noble y el gañán, la cultura libresca y la cultura popular, la locura sensata y la cordura insensata...

Este es el momento de recordar, sin embargo, que todo lo que sucede en *El Quijote* tiene lugar *en la lengua* de la narración. Es decir que, expresado en otra lengua literaria, la novela no sería la misma, ni en ella sucedería lo mismo. No es tan difícil de comprender: la acción de la novela, lo que en ella les va sucediendo a sus dos protagonistas, sólo adquiere pleno sentido

a partir de los comentarios que el amo y el criado van haciendo sobre lo que les acontece. Comentarios a los que hay que añadir los del autor (o los de los «autores», ya veremos por qué). Observad, pues, que la acción es excusa para la palabra que reflexiona sobre ella, y se encarna en la palabra. Los personajes son lo que son y se transforman en lo que se transforman, no sólo porque actúan como actúan, sino porque piensan como piensan y, sobre todo, *porque hablan como hablan,* sin olvidar los comentarios del autor (o de los «autores») de la novela.

De ahí, por ejemplo, la importancia que tiene, en el ámbito de los diálogos, el hecho de que, en la segunda parte de la obra, Sancho razone con finura de espíritu, mientras que don Quijote se contagia del refranero popular de Sancho.

De ahí, en definitiva, la modernidad de una novela que fundamenta la narración en sus propios materiales lingüísticos, a partir de los cuales adquieren su pleno sentido los personajes y las situaciones.

Una estructura rocambolesca

La modernidad de esta novela abarca también otros elementos del máximo interés. Así, Cervantes, en *El Quijote,* se plantea nada más y nada menos que el espinoso tema de la identidad del narrador, es decir, el tema de *la identificación de la voz que narra la novela.* Según el texto, Cervantes no sería más que el *traductor* al castellano de las crónicas escritas en árabe por el historiador Cide-Hamete (primer autor de la novela en tanto que *testigo directo* y, curiosamente, invisible, de las aventuras de don Quijote). Esto le permite a Cervantes intervenir directamente en el texto que pretende estar traduciendo e insertar sus propios comentarios (supuestamente como traductor de la crónica) cuando lo cree narrativamente conveniente.

Pero hay más. El personaje del Quijote llega a ser quien es porque, en el lapsus de años que separa la publicación de la primera parte de la novela de la publicación de la segunda, *los otros personajes ya han leído la primera parte.*

Don Quijote alcanza lo que se proponía, la fama, porque un testigo invisible de sus aventuras (Cide-Hamete) las ha escrito y publicado y, en consecuencia, en la segunda parte de la obra, es reconocido como personaje famoso por el resto de los personajes de la novela: un personaje de ficción es reconocido como personaje de ficción por el resto de personajes de una novela leída por sus propios personajes...

Nada de ello resiste un análisis lógico, pero el conjunto posee la contundencia de las imágenes reflejadas en una serie de espejos que las refractan, unas dentro de otras, hasta el infinito. No estará de más observar que un hallazgo estructural de tanta osadía (¡en un texto realista y moralizante!) no será afrontado en lengua castellana (y por parte de escritores antirrealistas) hasta siglos más tarde.

En conclusión, tal vez se haya comprendido ahora por qué la lectura de *El Quijote* puede ser calificada, hoy más que nunca, de aventura o de juego al mismo tiempo serio y extremadamente divertido, juego sem-

brado de sentidos y de dobles sentidos, y atravesado de piedad y de humor, de ironía y de profundidad, de acción y de reflexión. Por qué, en la lectura, el lector reconocerá y se reconocerá en los dos arquetipos más universales de la condición humana, que discurren, se transforman y se agigantan a lo largo de un texto que parece desbordar las intenciones iniciales de su autor. Por qué, finalmente, la gran novela de Cervantes plantea y soluciona algunos de los problemas narrativos que empiezan a preocupar a teóricos y a escritores varios siglos más tarde, como el de la voz narradora de la novela distinta de la del autor, o el de la confusión de planos entre ficción y realidad en el seno de una estructura narrativa extremadamente compleja.

Sobre el autor

Nada diré de Miguel de Cervantes que un lector curioso no pueda descubrir por sí mismo o, más modestamente, si consulta el índice de nombres que cierra la presente edición. Recordaré tan sólo que fue hombre valiente y generoso; que sus maestros fueron humanistas; que su religiosidad fue sincera y poco amiga de manifestaciones de beatería; que fue herido en la batalla de Lepanto, sufrió largo cautiverio en Argel y cárcel infamante en España; que fue pobre y nunca consiguió un empleo que le permitiera escribir sin angustias; que su obra enriqueció a sus editores, pero no a él; que fue desgraciado en su vida sentimental, pese a lo cual nunca menosprecia a las mujeres, sino que expresa por ellas una extremada comprensión y cordialidad; que los escritores de su tiempo le ignoraron, cuando no le atacaron; que plagiaron su obra; que muy pronto supo que *El Quijote* sería una novela imperecedera.

J. L. Giménez-Frontín

Advertencia

Esta adaptación no pretende sino despertar el placer de la lectura del Quijote en una primera aproximación, por fuerza distorsionada, a la gran novela de Cervantes. Nunca, sin embargo, deberéis citar el texto de esta adaptación en un ejercicio escolar: la cita casi nunca reproducirá textualmente el original, porque mucho es lo que, en una adaptación, debe alterarse y condensarse el texto originario, para que la lectura no pierda, en su brevedad, sentido narrativo. Además, y por las mismas razones, los capítulos de esta adaptación, así como sus títulos, tampoco se corresponden con los de la obra original.

Idéntico motivo me ha impulsado a cierta actualización de sintaxis y léxico, en vez de incluir la explicación de los arcaísmos en un abultado apéndice.

Así pues, debéis acudir directamente, cuando queráis citarlo, al texto original y completo del Quijote.

G.-F.

Primera parte
del ingenioso hidalgo don
Quijote de la Mancha

Al duque de Béjar,
marqués de Gibraleón,
conde de Benalcázar y Bañares,
vizconde de la Puebla de Alcocer,
señor de las villas de Capilla,
Curiel y Burguillos.

Prólogo

Desocupado lector:

Quisiera que este libro, como hijo del entendimiento, fuera el más hermoso, el más gallardo y discreto que pudiera imaginarse. Pero no he podido contravenir la naturaleza; que en ella cada cosa engendra su semejante. Y así, ¿qué podrá engendrar mi ingenio sino la historia de un hijo seco, avellanado y antojadizo, el cual se engendró en la cárcel, donde toda incomodidad tiene su asiento y todo triste ruido hace su habitación?

    Acontece tener un padre un hijo feo y sin gracia alguna, y el amor que le tiene le pone una venda en los ojos para que no vea sus faltas. Pero yo, que, aunque parezco padre, soy padrastro de don Quijote, no quiero suplicarte, como otros hacen, que perdones o disimules las faltas que en este mi hijo vieres, y así puedes decir de la historia todo aquello que te apeteciere.

Sólo quisiera dártela monda y desnuda, sin el ornato de prólogo ni de los acostumbrados sonetos y elogios que al principio de los libros suele ponerse. Porque te sé decir que, aunque me costó algún trabajo componerla, ninguno tuve por mayor que hacer este prefacio que vas leyendo. Muchas veces tomé la pluma para escribirlo, y muchas la dejé, por no saber lo que escribiría; y estando yo suspenso, con el papel delante, la pluma en la oreja, el codo en el bufete y la mano en la mejilla, entró de pronto un amigo mío, el cual, viéndome tan meditativo, me preguntó la causa, y yo le dije que pensaba en el prólogo que había de hacer a la historia de don Quijote, y que ni quería hacerlo, ni menos sacar a la luz sin él las hazañas de tan noble caballero.

—Porque, ¿cómo queréis vos que no me tenga confuso el qué dirá el vulgo cuando vea que, con todos mis años a cuestas, salgo ahora con una leyenda falta de toda erudición y doctrina, sin acotaciones ni anotaciones como veo tienen otros libros, aunque sean profanos, tan llenos de sentencias de toda la caterva de filósofos, que admiran a los lectores y tienen a sus autores por hombres leídos, eruditos y elocuentes?

Oyendo lo cual mi amigo, disparando una carcajada, me dijo:

—Por Dios, hermano, ¿cómo es posible que cosas tan fáciles de remediar puedan tener fuerza para suspender un ingenio como el vuestro, tan hecho a romper dificultades mayores? A fe, esto no nace de falta de habilidad, sino de sobra de pereza.

—Decid —le repliqué yo—. ¿De qué modo pensáis reducir a claridad el caos de mi confusión?

A lo cual él dijo:

—Respecto a lo que señaláis en primer lugar sobre los sonetos y elogios que os faltan para el principio, y que sean de autores graves y de título, se puede remediar tomando vos mismo el trabajo de hacerlos, y después los podéis bautizar y ponerles la firma que quisiereis. Y no os importe que algún bachiller pedante os averigüe la mentira, que no os ha de cortar la mano con la que escribisteis. En cuanto a citar en los márgenes de los libros, no hay más sino poner algunos latines que vos sepáis de memoria. Y con tales latinicos os tendrán siquiera por gramático; que el serlo no es de poco provecho el día de hoy. En lo que toca a poner anotaciones al fin del libro, lo podéis hacer de esta manera: si nombráis algún gigante en vuestro libro, haced que sea el gigante Golías, y con sólo esto ya tenéis una gran anotación, pues podéis poner *El gi-*

gante Golías, o Goliat, fue un filisteo a quien el pastor David mató de una gran pedrada, etc.* Tras esto, haced de modo que en vuestra historia se nombre el río Tajo, y ya tenéis otra famosa anotación: *El río Tajo fue así dicho por un rey de las Españas; tiene su nacimiento en tal lugar y muere en el mar Océano, etc.* Vengamos ahora al índice de autores citados, que otros libros tienen y que en el vuestro faltan. El remedio que esto tiene es muy fácil, porque no habéis de hacer otra cosa que buscar un libro que los cite a todos, desde la A hasta la Z, y este mismo abecedario pondréis vos en vuestro libro. Nadie habrá que se ponga a averiguar si leísteis o no leísteis a estos autores, no yéndole nada en ello. Sobre todo, porque este libro vuestro no tiene necesidad de ninguna cosa de aquellas que vos decís que le faltan, porque todo él es un ataque contra los libros de caballerías, de los que nunca se acordó Aristóteles ni dijo nada San Basilio. Así, no hay razón para que andéis mendigando sentencias de filósofos, consejos de la Divina Escritura, oraciones de retórico, milagros de santos, sino procurar que a la llana, con palabras significantes, honestas y bien colocadas, salga vuestra intención. Procurad también que, leyendo vuestra historia, el melancólico se mueva a risa, el risueño la acreciente, el simple no se enfade, el discreto se admire de la invención, el grave no la desprecie, ni el prudente deje de alabarla.

Con silencio grande estuve escuchando lo que mi amigo me decía, y de tal manera se grabaron en mí sus razones que las aprobé por buenas y de ellas mismas quise hacer este prólogo, en el cual verás, amable lector, la buena ventura mía en hallar tal consejero, y el alivio tuyo en hallar tan sin revueltas la historia del famoso don Quijote de la Mancha. Y con esto, Dios te dé salud, y a mí no olvide. *Vale.*

Al libro de don Quijote de la Mancha

El caballero del Febo a
don Quijote de la Mancha

Soneto

A vuestra espada, no igualó la mía,
Febo español, curioso cortesano,
ni a la alta gloria de valor mi mano,
que rayo fue do nace y muere el día.

Imperios desprecié; la monarquía
que me ofreció el Oriente rojo en vano
dejé, por ver el rostro soberano
de Claridiana, aurora hermosa mía.

Amela por milagro único y raro,
y, ausente en su desgracia, el propio infierno
temió mi brazo, que domó su rabia.

Mas vos, godo Quijote, ilustre y claro,
por Dulcinea sois al mundo eterno,
y ella, por vos, famosa, honesta y sabia.

Diálogo entre Babieca y Rocinante

Soneto

B. ¿Cómo estáis, Rocinante, tan delgado?
R. Porque nunca se come, y se trabaja.
B. Pues ¿qué es de la cebada y de la paja?
R. No me deja mi amo ni un bocado.

B. Andad, señor, que estáis muy mal criado,
    pues vuestra lengua de asno al amo ultraja.
R. Asno se es de la cuna a la mortaja.
    ¿Quereislo ver? Miradlo enamorado.

B. ¿Es necedad amar? R. No es gran prudencia.
B. Metafísico estáis. R. Es que no como.
B. Quejaos del escudero. R. No es bastante.

¿Cómo me he de quejar en mi dolencia,
si amo y escudero o mayordomo
son tan rocines como Rocinante?

Capítulo 1
Alonso Quijano pierde el juicio y se arma caballero

En un lugar de la Mancha, de cuyo nombre no quiero acordarme, no ha mucho tiempo que vivía un hidalgo de los de escudo antiguo, rocín flaco y galgo corredor. Una olla las más noches, duelos y quebrantos los sábados, algún palomino los domingos, consumían las tres partes de su hacienda. Frisaba la edad de nuestro hidalgo con los cincuenta años; era de complexión recia, seco de carnes, gran madrugador y amigo de la caza.

Es, pues, de saber que este sobredicho hidalgo, los ratos que estaba ocioso —que eran los más del año—, se daba a leer libros de caballerías con tanta afición y gusto, que olvidó la administración de su hacienda. Le parecían de perlas aquellos requiebros y cartas de desafío, y también cuando leía:... *los altos cielos os hacen merecedora del merecimiento que merece la vuestra grandeza.*

Con estas razones perdía el pobre caballero el juicio, y desvelábase por desentrañarles el sentido, que no se lo sacara ni las entendiera el mismo Aristóteles, si resucitara para sólo ello. Y se enfrascó tanto en la lectura, que se pasaba las noches leyendo de claro en claro, y los días de turbio en turbio; y así, del poco dormir y del mucho leer, se le secó el cerebro.

Rematado ya su juicio, le pareció conveniente y necesario hacerse caballero andante e irse por el mundo a buscar aventuras, poniéndose en ocasiones y peligros donde, superándolos, cobrase eterno nombre y fama. Y lo primero que hizo fue limpiar unas armas que habían sido de sus bisabuelos que, tomadas de orín y llenas de moho, largos siglos hacía que estaban puestas y olvidadas en un rincón. Fue luego a ver a su rocín y le pareció que ni Babieca del Cid con él se igualaba. Cuatro días se le pasaron en imaginar qué nombre le pondría; y así, después de muchos nombres que formó, borró y quitó, añadió, deshizo y tornó a hacer en su memoria e imaginación, al fin le vino a llamar *Rocinante,* nombre, a su parecer, alto, sonoro y significativo de lo que había sido cuando fue rocín, antes de lo que ahora era.

Puesto nombre, y tan a su gusto, a su caballo, quiso ponérselo a sí mismo, y en este pensamiento pasó otros ocho días, y al cabo se vino a llamar *don Quijote de la Mancha,* con lo cual, a su parecer, declaraba muy al vivo su linaje y patria, y la honraba con tomar el sobrenombre de ella.

Y fue, a lo que se cree, que en un lugar cerca del suyo habitaba una labradora de muy buen parecer, de quien él un tiempo estuvo enamorado, aunque ella jamás lo supo. Llamábase Aldonza Lorenzo, y a ésta vino a llamarla *Dulcinea del Toboso,* nombre músico y significativo, como todos los demás que había puesto.

Y así, sin que nadie le viese, una mañana, antes del día, que era uno de los calurosos del mes de julio, se armó de todas sus armas, subió sobre Rocinante y por la puerta falsa del corral salió al campo con grandísimo contento y alborozo, diciendo:

—Dichosa edad, y siglo dichoso, aquel en que saldrán a la luz las famosas hazañas mías, dignas de entallarse en bronces, esculpirse en mármoles y pintarse en tablas en lo futuro. ¡Oh tú, sabio encantador, quienquiera que seas, a quien ha de tocar el ser cronista de esta historia, ruégote que no te olvides de mi buen Rocinante, compañero eterno mío en todos mis caminos y carreras!

Luego añadía, como si verdaderamente estuviera enamorado:

—¡Oh, princesa Dulcinea, señora de este cautivo corazón, mucho agravio me habedes fecho!

Con esto, caminaba tan despacio, y el sol entraba tan aprisa y con tanto ardor, que fuera bastante a derretirle los sesos.

Autores hay que dicen que la primera aventura que le sobrevino fue la de los molinos de viento, pero lo que yo he podido averiguar en este caso es que él anduvo todo aquel día sin acontecerle cosa que de contar fuese y, al anochecer, su rocín y él se hallaron cansados y muertos de hambre, y vio, no lejos del camino por donde iba, una venta.

Estaban a la puerta dos mujeres, de estas vagabundas deshonestas que llaman del partido, y como a nuestro aventurero todo cuanto veía le parecía ser hecho al modo de lo que había leído, las mozas que allí estaban le parecieron dos hermosas doncellas y la venta un castillo con sus cuatro torres y capiteles de plata. Don Quijote diose prisa a caminar y, alzándose la visera y descubriendo su seco y polvoroso rostro, les dijo:

—No teman desaguisado alguno tan altas doncellas.

Como se oyeron llamar doncellas, cosa tan fuera de su profesión, las mozas no pudieron contener la risa, y fue de manera que don Quijote vino a enojarse y a decirles:

—Es mucha sandez la risa que de leve causa procede.

En aquel punto salió el ventero, hombre que, por ser muy gordo, era muy pacífico, quien, temiendo a aquella figura disfrazada y armada de armas tan desiguales, determinó de hablarle comedidamente y le ofreció hospedaje. Viendo don Quijote la humildad del alcaide de la fortaleza, respondió:

—Para mí, señor castellano, cualquier lecho basta, porque mi descanso es el pelear.

El ventero, que era andaluz, no menos ladrón que Caco, ni menos maleante que un estudiante fracasado, fue a tener el estribo a don Quijote, acomodó a Rocinante en la caballeriza y volvió a ver lo que su huésped necesitaba, al cual estaban desarmando las doncellas, que ya se habían reconciliado con él y, al desarmarle, don Quijote les dijo con mucho donaire:

> Nunca fuera caballero
> de damas tan bien servido,
> como fuera don Quijote
> cuando de su aldea vino:
> doncellas curaban dél;
> princesas, del su rocino.

Luego le preguntaron si quería comer alguna cosa, a lo que él respondió:

—Sea lo que fuere, venga pronto, que el trabajo y peso de las armas no se puede llevar sin el gobierno de las tripas.

Acabada la limitada cena, pues acertó a ser viernes aquel día y no había en toda la venta sino unas raciones de bacalao, don Quijote llamó al ventero y se hincó de rodillas ante él, diciendo:

—No me levantaré jamás de donde estoy, hasta que la vuestra cortesía me otorgue un don, y es que mañana me habéis de armar caballero, y esta noche en la capilla de vuestro castillo velaré las armas.

El ventero, que era un poco socarrón, por tener de que reír aquella noche, le dijo que andaba muy acertado en lo que pedía, y que él mismo, en los años de su mocedad, se había dado a aquel honroso ejercicio de caballeros, requiriendo viudas, deshaciendo doncellas, engañando a pupilos y dándose a conocer por cuantos tribunales hay casi en toda España. Díjole también que en aquel castillo no había capilla alguna donde poder velar las armas, pero que las podría velar en el patio. Así que don Quijote recogió sus armas, las puso sobre una pila que estaba junto al pozo del corral, asió su lanza y, con gentil continente, se comenzó a pasear delante de la pila; y cuando comenzó el paseo comenzaba a cerrar la noche.

A la mañana, se vino el ventero con su libro de cuentas adonde don Quijote estaba y le mandó hincarse de rodillas. Y, mientras hacía ver que leía alguna devota oración, alzó la mano y diole sobre el cuello un buen golpe, y tras él, con su misma espada, un gentil espaldarazo, siempre murmurando entre dientes, como que rezaba.

No vio la hora don Quijote de verse a caballo y salir buscando aventuras, y el ventero, por verle ya fuera de la venta, sin pedirle la costa de la posada, le dejó ir a la buena hora.

Capítulo 2
De lo que le sucedió a nuestro caballero, y del grande escrutinio que el cura y el barbero hicieron en la librería de nuestro hidalgo

El alba sería, cuando don Quijote salió de la venta tan contento, tan gallardo, tan alborozado por verse ya armado caballero, que el gozo le reventaba por las cinchas del caballo. Y habiendo andado como dos millas, descubrió un gran tropel de gente que, como después se supo, eran unos mercaderes toledanos que iban a comprar sedas a Murcia. Y, cuando se acercaron, levantó don Quijote la voz y con ademán arrogante dijo:

—Confiese todo el mundo que no hay doncella más hermosa que la emperatriz de la Mancha, la sin par Dulcinea del Toboso.

Y uno de ellos, que era un poco burlón, le contestó:

—Señor caballero, aunque vuestra dama resulte tuerta de un ojo y que del otro le mane azufre, por complacer a vuestra merced, diremos en su favor todo lo que quisiere.

—Canalla infame —respondió don Quijote, encendido en cólera—. No le mana eso que decís, sino ámbar y algalia entre algodones, y no es tuerta ni jorobada.

Y en diciendo esto, arremetió con la lanza baja con tanta furia y enojo, que si la buena suerte no hiciera que en la mitad del camino tropezara y cayera Rocinante, lo pasara mal el atrevido mercader.

Un mozo de mulas de los que allí venían, que no debía ser muy bien intencionado, tomó la lanza y, después de haberla hecho pedazos, con uno de ellos comenzó a dar a nuestro don Quijote tantos palos, que le molió como cibera.

El pobre apaleado, cuando se vio solo, probó si podía levantarse, pero no pudo. Y aún se tenía por dichoso, pareciéndole que aquélla era desgracia propia de caballeros andantes. Y quiso la suerte que acertara a pasar por allí un labrador vecino suyo, quien procuró levantarle del suelo y con no poco trabajo lo subió sobre su jumento. Recogió las armas, liolas sobre Rocinante y se encaminó hacia el pueblo, bien pensativo al oír los disparates que don Quijote decía.

En la casa de don Quijote estaban el cura y el barbero del lugar, grandes amigos de don Quijote, y el ama les estaba diciendo:

—¡Desventurada de mí! Estos malditos libros de caballerías le han vuelto el juicio. ¡Encomendados sean a Satanás y a Barrabás tales libros, que así han echado a perder el más delicado entendimiento que había en toda la Mancha!

La sobrina decía lo mismo, y aún más.

—Eso digo yo también —dijo el cura—, y a fe que no se pasará el día sin que sean condenados al fuego.

Llegó entonces el labrador con grandes voces y todos salieron. Llevaron a don Quijote a la cama y le hicieron mil preguntas, y a ninguna quiso responder otra cosa sino que le diesen de comer y le dejasen dormir, que es lo que más le importaba.

Luego entraron todos en el aposento donde estaban los libros autores del daño, para llevarlos al corral y hacer una hoguera. Mas el cura quiso leer antes los títulos, y el primero que le dio en las manos fue el *Amadís de Gaula,* y dijo:

—Parece cosa de misterio ésta, porque, según he oído decir, este libro fue el primero de caballerías que se imprimió en España. Lo debemos, sin excusa alguna, condenar al fuego.

—No, señor —dijo el barbero—, que también he oído decir que es el mejor de todos, y así, como único en su arte, se le debe perdonar. En cambio, todos los de ese lado, a lo que creo, son del linaje de Amadís.

—Pues si es así —dijo el ama—, al corral con ellos.

Diéronselos, que eran muchos, y ella, por ahorrar escalera, los tiró por la ventana abajo. Luego, al tomar otros muchos juntos, se le cayó uno a los pies del barbero, quien quiso ver cuál era y vio que decía: *Historia del famoso caballero Tirante el Blanco.*

—¡Válgame Dios! —dijo el cura dando una gran voz—. ¡Que aquí está Tirante el Blanco! Dádmelo acá, compadre, que hago cuenta que he hallado en él un tesoro. En verdad os digo que, por su estilo, es éste el mejor libro del mundo: aquí comen los caballeros, y duermen y mueren en sus camas, y hacen testamento antes de su muerte, cosas éstas de las que todos los demás libros de este género carecen. Pero, ¿qué libro es ese que está junto a él?

—*La Galatea,* de Miguel de Cervantes —dijo el barbero.

—Muchos años ha que es grande amigo mío ese Cervantes, y sé que es más versado en desdichas que en versos. Su libro tiene algo de buena invención, propone algo y no concluye nada: es menester esperar la segunda parte que se anuncia, y, entre tanto, tenedle recluso en vuestra posada, señor compadre.

—Que me place —respondió el barbero.

Capítulo 3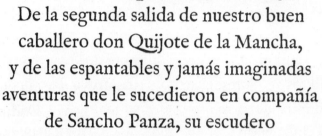
De la segunda salida de nuestro buen caballero don Quijote de la Mancha, y de las espantables y jamás imaginadas aventuras que le sucedieron en compañía de Sancho Panza, su escudero

Quince días estuvo don Quijote en casa muy sosegado, sin dar muestra de querer segundar sus primeros devaneos. Entonces solicitó a un labrador vecino suyo, hombre de bien —si es que este título se puede dar al que es pobre—, pero de muy poca sal en la mollera. Y tanto le dijo, tanto le persuadió y prometió una isla de la que ser gobernador, que con estas promesas y otras tales, Sancho Panza, que así se llamaba el labrador, dejó a su mujer e hijos y pasó a ser escudero de su vecino.

Y así, sin despedirse Panza de sus hijos y mujer, ni don Quijote de su ama y sobrina, una noche se salieron del lugar sin que persona los viese, y caminaron tanto que tuvieron por seguro que no los hallarían aunque los buscasen.

Iba Sancho Panza sobre su jumento como un patriarca, con sus alforjas y su bota, y con mucho deseo de verse ya gobernador.

—Mire vuestra merced, señor caballero andante —dijo en esto a su amo—, que no se olvide lo que de la ínsula me tiene prometido; que yo la sabré gobernar, por grande que sea.

—Has de saber, amigo Sancho Panza —respondió don Quijote—, que fue costumbre de los antiguos caballeros andantes hacer gobernadores a sus escuderos de las ínsulas o reinos que ganaban, y, si tú vives y yo vivo, bien podría ser que antes de seis días ganase yo un reino en el que coronarte rey.

—De esta manera —respondió Sancho Panza—, si yo fuese rey por algún milagro de los que vuestra merced dice, por lo menos mi mujer vendría a ser reina.

—Pues ¿quién lo duda?

—Yo lo dudo —replicó Sancho Panza—, porque sepa, señor, que para reina no vale dos maravedís. Condesa le caerá mejor, y aun eso lo veo muy difícil.

En esto descubrieron treinta o cuarenta molinos de viento que hay en el campo de Montiel y, así que don Quijote los vio, dijo a su escudero:

—La ventura va guiando nuestras cosas, porque ves allí, amigo Sancho, treinta o más desaforados gigantes con quienes pienso hacer batalla y con cuyos despojos comenzaremos a enriquecer.

—¿Qué gigantes? —dijo Sancho Panza.

—Aquellos que allí ves de los brazos largos.

—Mire vuestra merced —respondió Sancho— que aquéllos no son gigantes sino molinos de viento, y lo que en ellos parecen brazos son las aspas.

—Si tienes miedo —replicó don Quijote—, quítate de ahí y ponte en oración, mientras yo entro con ellos en fiera y desigual batalla.

Y en diciendo esto, y encomendándose de todo corazón a su señora Dulcinea, bien cubierto de su rodela, con la lanza en ristre, arremetió a todo el galope de Rocinante y embistió el primer molino, y, al darle una lanzada en el aspa, la hizo girar el viento con tanta furia, que hizo la lanza pedazos, llevándose tras sí al caballo y al caballero, que fue rodando muy maltrecho por el campo.

—¡Válgame Dios! —dijo Sancho—. ¿No le dije yo a vuestra merced que no eran sino molinos de viento, y que esto no podía ignorar sino quien llevase otros tales en la cabeza?

—Calla, amigo Sancho —respondió don Quijote—, que yo pienso que el mago Frestón, que me robó los libros de mi aposento, ha vuelto estos gigantes en molinos por quitarme la gloria de su vencimiento.

Luego don Quijote desgajó una rama seca que le podía servir de lanza, puso en ella el hierro de la que se había quebrado y volvieron a tomar el camino de Puerto Lápice.

Asomó entonces por el camino un coche, con cuatro o cinco de a caballo que le acompañaban y dos mozos de mulas de a pie. Venía en el coche, como después se supo, una señora vizcaína que iba a Sevilla, donde estaba su marido que embarcaba a las Indias con un honroso cargo. Apenas los divisó don Quijote, cuando dijo a su escudero:

—O yo me engaño, o ésta ha de ser la más famosa aventura que se haya visto; porque aquellos bultos negros deben de ser, y son, sin duda, algunos encantadores que llevan hurtada alguna princesa en aquel coche.

—Peor será esto que los molinos de viento —exclamó Sancho.

—Ya te he dicho —respondió don Quijote— que sabes poco de achaques de aventuras.

Y, diciendo esto, se adelantó y se puso en mitad del camino, y en alta voz dijo:

—Gente endiablada y descomunal, liberad las altas princesas que lleváis forzadas. Si no, aparejaos a recibir presta muerte, por justo castigo de vuestras malas obras.

Un escudero de los que el coche acompañaban, que era vizcaíno, se fue entonces para don Quijote y, asiéndole de la lanza, le dijo, en mala lengua castellana y peor vizcaína, de esta manera:

—Anda, caballero que mal andes. Por el Dios que criome, que, si no dejas coche, así te matas.

Entendiole muy bien don Quijote, y con mucho sosiego le respondió:

—Si fueras caballero, que no eres, yo ya hubiera castigado tu sandez y atrevimiento.

Y arrojando la lanza al suelo, sacó su espada y arremetió al vizcaíno con determinación de quitarle la vida. El vizcaíno, que así le vio venir, no pudo hacer otra cosa sino sacar su espada, y, por hallarse junto al coche, pudo de allí sacar una almohada que le sirvió de escudo, y luego se fueron el uno para el otro, como si fueran dos mortales enemigos.

Pero está el daño de todo esto en que, en este punto, deja pendiente el autor de la historia esta batalla, disculpándose con que no halló más escrito. Bien es verdad que el segundo autor de esta obra no quiso creer que tan curiosa historia estuviese entregada a las leyes del olvido. Y así, no desesperó de hallar el fin de esta apacible obra, del modo que se contará en el siguiente capítulo.

Capítulo 4
Donde se da fin a la batalla que el gallardo vizcaíno y el valiente manchego tuvieron, y donde se trata del discurso de don Quijote a unos cabreros

Dejamos al valeroso vizcaíno y al famoso don Quijote con las espadas altas y desnudas. Causome esto mucha pesadumbre, porque el gusto de haber leído tan poco se volvía en disgusto, al pensar lo difícil que se ofrecía hallar lo que, a mi parecer, faltaba de tan sabroso cuento.

Pues bien, estando yo un día en Toledo, llegó un muchacho a vender unos cartapacios y papeles viejos; y, como yo soy aficionado a leer, aunque sean los papeles rotos de las calles, tomé un cartapacio y vi que estaba escrito en caracteres arábigos. Y, puesto que no los sabía leer, anduve mirando si aparecía por allí algún morisco. La suerte me deparó uno, y poniéndole el libro en las manos, le di prisa a que leyese el principio, y él, volviendo el arábigo en castellano, dijo que decía: *Historia de don Quijote de la Mancha, escrita por Ci-*

de Hamete Benengelí, historiador arábigo. Mucha discreción fue menester para disimular mi contento cuando llegó a mis oídos el título del libro, y compré al muchacho todos los cartapacios por medio real, que si él supiera lo que yo los deseaba, bien me habría costado más de seis reales la compra. Rogué al morisco me volviese aquellos cartapacios en lengua castellana, sin quitarles ni añadirles nada, ofreciéndole la paga que él quisiese. Contentose con dos fanegas de trigo, y yo le traje a mi casa, donde en poco más de mes y medio lo tradujo todo, del mismo modo que aquí se refiere. En fin, el siguiente capítulo, siguiendo la traducción, comenzaba de esta manera:

Puestas en alto las cortadoras espadas, no parecía sino que estaban amenazando al cielo, a la tierra y al abismo. Y el primero que fue a descargar el golpe fue el colérico vizcaíno, y fue dado con tanta fuerza y con tanta furia que, acertándole en el hombro izquierdo, desarmó todo aquel lado de su contrario, llevándole de camino la mitad de la oreja.

¡Válgame Dios, y quién será aquel que pueda contar ahora la rabia que entró en el corazón de nuestro manchego! No se diga más sino que se alzó en los estribos y, apretando más la espada en las dos manos, con tal furia descargó sobre el vizcaíno, acertándole de lleno sobre la almohada y sobre la cabeza, que éste comenzó a echar sangre por las narices y por la boca y por los oídos, y a caer de la mula abajo.

Las señoras del coche, que hasta entonces con gran desmayo habían mirado la pendencia, fueron adonde estaba don Quijote y le pidieron les hiciese la gran merced y favor de perdonar a aquel su escudero. A lo cual don Quijote respondió:

—Fermosas señoras, yo soy muy contento de hacer lo que me pedís. Mas con la condición de que este caballero prometa ir al Toboso y presentarse de mi parte ante la sin par doña Dulcinea, para que ella haga de él su voluntad.

Las temerosas señoras, sin preguntar quién Dulcinea fuese, le prometieron que el escudero haría todo lo mandado. Viendo entonces Sancho acabada la pendencia, se hincó de rodillas delante de su amo y, asiéndole de la mano, se la besó y le dijo:

—Sea vuestra merced servido de darme el gobierno de la ínsula que en esta rigurosa pendencia se ha ganado.

A lo cual respondió don Quijote:

—Advertid, hermano Sancho, que esta aventura y las a ésta semejantes no son aventuras de ínsulas, sino de encrucijadas, en las cuales no se gana otra cosa que sacar rota la cabeza o una oreja menos. Tened paciencia, que más aventuras se ofrecerán.

Entonces, sin despedirse ni hablar más con las damas del coche, don Quijote se entró por un bosque que allí junto estaba. Al rato, encontraron a unos cabreros de buen ánimo. Y Sancho, habiendo acomodado a Rocinante y a su jumento, se fue tras el olor que desprendían ciertos tasajos de cabra que hirviendo al fuego en un caldero estaban.

Los cabreros, tendiendo por el suelo unas pieles de oveja, aderezaron su rústica mesa y los convidaron a los dos.

—Porque veas, Sancho —dijo don Quijote—, el bien que encierra la andante caballería, quiero que comas en mi plato y bebas por donde yo bebiere, porque de la caballería andante se puede decir lo mismo que del amor se dice: que todas las cosas iguala.

No entendían los cabreros aquella jerigonza de caballeros andantes, y no hacían otra cosa que comer y callar, y mirar a sus huéspedes, que, con mucho donaire y gana, embaulaban tasajos como puños. Después que don Quijote hubo satisfecho su estómago, tomó unas bellotas en la mano y, mirándolas atentamente, soltó la voz a semejantes razones:

—Dichosa edad y siglos dichosos aquellos a quienes los antiguos pusieron nombre de dorados, y no porque en ellos el oro, que en nuestra edad de hierro tanto se estima, se alcanzase sin fatiga alguna, sino porque entonces se ignoraban estas dos palabras de *tuyo* y *mío*. A nadie le era necesario para alcanzar su sustento otro trabajo que alzar la mano hacia las robustas encinas, que les estaban convidando con su dulce y sazonado fruto. La arbitrariedad aún no se había asentado en el entendimiento del juez, porque entonces no había que juzgar, ni quien fuese juzgado. Las doncellas andaban solas, y su perdición nacía de su gusto y propia voluntad.

    Toda esta arenga —que se pudiera muy bien omitir— dijo nuestro caballero, porque las bellotas que le dieron trajeron a su memoria la edad dorada, mientras los cabreros, embobados, le escuchaban sin responder palabra, y Sancho callaba y comía y visitaba muy a menudo el odre de vino que tenían colgado de un alcornoque.

Capítulo 5
De las innumerables desventuras que el bravo de don Quijote y su escudero pasaron en una venta

Cuenta el sabio Cide Hamete Benengeli que, en cuanto don Quijote se despidió de sus huéspedes, él y su escudero se adentraron por aquel mismo bosque, donde ordenó la suerte, y el diablo, que no siempre duerme, que andara por allá paciendo una manada de jacas de unos arrieros gallegos.

Sucedió, pues, que a Rocinante le vino en deseo refocilarse con las señoras jacas y, en cuanto las olió, sin pedir licencia a su dueño, tomó un trotito algo picadillo y se fue a comunicar su necesidad con ellas. Mas ellas, que sólo tenían ganas de pacer, recibiéronle con las herraduras y los dientes. Pero lo que el caballo más debió de sentir fue que los arrieros acudieron con estacas y le derribaron malparado en el suelo.

Ya en esto don Quijote echó mano a su espada y arremetió a los gallegos, y lo mismo hizo Sancho

Panza, incitado y movido del ejemplo de su amo. Los gallegos, que se vieron maltratar de dos hombres solos, acudieron a sus estacas, y al segundo toque dieron con Sancho en el suelo, y lo mismo le sucedió a don Quijote, quien vino a caer a los pies de Rocinante. De donde se echa de ver la furia con que machacan las estacas puestas en manos rústicas y enojadas.

El primero en quejarse, en cuanto los gallegos siguieron su camino, fue Sancho Panza, quien con voz enferma y lastimada dijo:

—¡Señor don Quijote! ¡Ah, señor don Quijote!

—¿Qué quieres, hermano Sancho? —respondió don Quijote, en el mismo tono afeminado y doliente que Sancho.

—Querría, si fuera posible, que vuestra merced me diese dos tragos de ese bálsamo curalotodo de los caballeros andantes.

—De tenerlo yo aquí, desgraciado de mí, ¿qué más nos faltaba? —respondió don Quijote—. Pero yo te juro, Sancho Panza, a fe de caballero andante, que antes de que pasen dos días lo tendré.

Sancho, despidiendo treinta ayes, y sesenta suspiros, y ciento veinte reniegos, se levantó, sin poder acabar de enderezarse, aparejó su asno, levantó luego a Rocinante, acomodó a don Quijote sobre el asno, y se encaminó hacia donde le pareció que podía estar el camino real. Y la suerte, apenas hubo andado una pequeña legua, le deparó el camino, en el cual descubrió una venta que, a gusto de don Quijote, había de ser castillo.

La ventera, que no era de la condición que suelen tener las de su trato, porque era caritativa y se dolía de las calamidades de sus prójimos, acudió a curar a don Quijote e hizo que una hija suya la ayudase. Servía en la venta, asimismo, una moza asturiana, ancha de cara, llana de cogote, de un ojo tuerta y del otro no muy sana. Verdad es que la gallardía del cuerpo suplía estas faltas, porque las espaldas, que un tanto le cargaban, la hacían mirar al suelo más de lo que ella quisiera. Esta gentil moza, pues, ayudó a la doncella a hacer una muy mala cama a don Quijote en el pajar, en el cual también tenía un arriero su cama, hecha un poco más allá de la de nuestro don Quijote.

En esta maldita cama se acostó don Quijote, y luego la ventera y su hija le emplastaron los cardenales de arriba abajo, alumbrándoles Maritornes, que así se llamaba la asturiana.

—Creedme, fermosa señora —dijo don Quijote sentándose en el lecho como pudo—, que os podéis llamar venturosa por haber alojado en este vuestro castillo a mi persona, que no alabo, porque la alabanza propia envilece. Pero mi escudero os dirá quién soy.

Confusas estaban la ventera y su hija y la buena de Maritornes oyendo las razones del andante caballero, que así las entendieron como si hablara en griego, pero se las agradecieron, y la asturiana curó a Sancho, que no menos lo había menester que su amo.

Había el arriero concertado con ella que aquella noche se refocilarían juntos, y ella le había dado su palabra de que, dormidos sus amos, le iría a buscar. Y cuéntase de esta buena moza que jamás dio semejantes palabras que no las cumpliera, porque presumía de muy hidalga.

Toda la venta estaba en silencio, y en toda ella no había otra luz que la de una lámpara, que colgada en medio del portal ardía. Esta maravillosa quietud trajo a la imaginación de nuestro caballero una de sus extrañas locuras. Y fue que se imaginó que la hija del ventero lo era del señor del castillo, la cual se había enamorado de él y le había prometido que aquella noche, a escondidas de sus padres, vendría a yacer con él. Y empezó a preocuparse, proponiéndose en su corazón no cometer alevosía a su señora Dulcinea del Toboso, aunque la misma reina Ginebra se le pusiera delante.

Llegó el tiempo y la hora de la venida de la asturiana, la cual, descalza y con callados pasos, entró en el aposento en busca del arriero. Don Quijote la sintió y, sentándose en la cama con dolor de sus costillas, tendió los brazos para recibir a su fermosa doncella. La asturiana topó con los brazos de don Quijote, el cual, sin que ella osase decir palabra, la hizo sentar sobre la cama. Tentole luego la camisa, y a él le pareció de finísimo cendal. Los cabellos, que, tiraban a crines, él los tomó por hebras de oro. Y el aliento, que, sin duda alguna, olía a ensalada trasnochada, a él le pareció suave y aromático. Era tanta la ceguera del pobre hidalgo, que ni el tacto, ni el aliento, ni otras cosas que traía en sí la buena doncella, las cuales pudieran hacer vomitar a otro que no fuera arriero, le sacaban de su engaño. Y, teniendo bien asida entre sus brazos a esta diosa de la hermosura, con voz amorosa y baja le comenzó a decir:

—Quisiera hallarme en términos, fermosa y alta señora, de poder pagar vuestra merced, pero, aunque por mi voluntad quisiera satisfacer la vuestra, fuera imposible.

El bueno del arriero, a quien tenían despierto sus malos deseos, como vio que la moza forcejeaba por desasirse y don Quijote por retenerla, enarboló el brazo en alto y descargó tan terrible puñada sobre el enamorado caballero, que le bañó toda la boca de sangre. Y, no contento con esto, se le subió encima de las costillas y se las paseó todas de cabo a cabo.

El lecho, que era un poco endeble, dio consigo en el suelo, a cuyo ruido despertó el ventero, y, encendiendo un candil, se fue hacia donde había sentido la refriega. La moza, viendo que su amo venía, toda medrosica y alborotada, se acogió a la cama de Sancho Panza, que aún dormía, y allí se acurrucó y se hizo un ovillo. En esto despertó Sancho y, sintiendo aquel bulto casi encima de sí, empezó a dar puñadas a una y otra parte, y alcanzó con no sé cuántas a Maritornes, la cual, echando a rodar la honestidad, se las devolvió. Sancho, viéndose tratar de aquella manera, y sin saber de quién, se abrazó con Maritornes, y comenzaron entre los dos la más reñida y graciosa escaramuza del mundo.

Viendo, pues, el arriero cómo andaba su dama, dejó a don Quijote y acudió a darle el socorro necesario. Lo mismo hizo el ventero, pero con intención diferente, creyendo que ella sola era la causa de toda aquella armonía. Y así golpeaba el arriero a Sancho, Sancho a la moza, la moza a él y el ventero a la moza. Y fue lo bueno que al ventero se le apagó el candil y, como todos quedaron a oscuras, dábanse tan sin compasión todos a bulto, que a doquiera que ponían la mano no dejaban cosa sana.

—Levántate, Sancho, si puedes —dijo don Quijote—, y llama al alcaide de esta fortaleza. Y procura que se me dé un poco de aceite, vino, sal y romero para hacer un bálsamo salutífero, porque mucho me ha herido un moro encantado que está en esta venta.

Así lo hizo Sancho con harto dolor de sus huesos, y el ventero le proveyó de cuanto quiso. Don Quijote lo mezcló todo y lo coció un buen rato, guardando el bálsamo en una aceitera de hojalata, sobre la que dijo más de ochenta paternostres y otras tantas avemarías, salves y credos. Hecho esto se bebió todo lo que quedaba en la olla. Y, apenas lo acabó de beber, cuando empezó a vomitar, dándole un sudor copiosísimo. Luego durmió más de tres horas, al cabo de las cuales despertó y se tuvo por sano. Y verdaderamente creyó que había acertado con el bálsamo de Fierabrás.

Sancho Panza, que también tuvo a milagro la mejoría de su amo, le rogó que le diese lo que quedaba del bálsamo, que no era poca cantidad. Y es el caso que el estómago del pobre Sancho no debía ser tan delicado como el de su amo, y así, en vez de vomitar, comenzó el pobre escudero a desaguarse por entreambos canales. Durole esta borrasca casi dos horas, al cabo de las cuales no quedó como su amo, sino tan molido y quebrantado que el pobre no se podía tener.

Pero don Quijote quiso partir inmediatamente a buscar aventuras, con la seguridad y confianza que llevaba en su bálsamo.

Ya que estuvieron los dos a caballo, a la puerta de la venta, dijo el ventero:

—Señor caballero, he menester que vuestra merced me pague el gasto que ha hecho en la venta, así de la paja y cebada de sus dos bestias, como el de la cena y camas.

—Engañado he vivido aquí —respondió don Quijote—, pues en verdad pensé que era castillo, y no malo. Pero, pues es así que es venta, deberéis perdonar por la paga, que yo no puedo contravenir la orden de los caballeros andantes, de los cuales sé cierto que jamás pagaron posada.

Y poniendo piernas a Rocinante, se salió de la venta, sin que nadie le detuviese. El ventero, que le vio ir y que no pagaba, acudió a cobrar de Sancho Panza, el cual dijo que, pues su señor no había querido pagar, tampoco él pagaría.

Quiso la mala suerte del desdichado Sancho que entre la gente que estaba en la venta se hallaran unos feriantes de Sevilla, gente alegre, bien intencionada, maleante y juguetona, los cuales, como movidos de un mismo espíritu, apearon a Sancho del asno, le pusieron en mitad de una manta y comenzaron a levantarle en alto y a divertirse con él, como con perro por carnestolendas.

Las voces que el mísero manteado daba fueron tantas, que llegaron a los oídos de su amo, quien le vio bajar y subir por el aire, con tanta gracia y presteza que, si la cólera le dejara, tengo para mí que se riera. Por fin, de puro cansados, le dejaron. Y la compasiva Maritornes, viéndole tan fatigado, le socorrió con un jarro de agua que le trajo del pozo, por ser más fría.

Iba a beber Sancho, cuando se detuvo a las voces que su amo le daba, diciendo:

—¡Hijo Sancho, no bebas agua! ¡Hijo, no la bebas, que te matará! ¿Ves? Aquí tengo el santísimo bálsamo —y le enseñaba la aceitera del brebaje—, que con dos gotas que de él bebas sanarás sin duda.

A estas voces, volvió Sancho los ojos, como de través, y dijo con otras mayores:

—Por ventura, ¿se le ha olvidado a vuestra merced que yo no soy caballero, o quiere que acabe de vomitar las entrañas que me quedaron de anoche? Guárdese su licor con todos los diablos, y déjeme a mí.

Y el acabar de decir esto y el comenzar a beber todo fue uno. Salió luego de la venta, muy contento de no haber pagado nada y de haber salido con su intención, aunque había sido a costa de sus acostumbrados fiadores, que eran sus espaldas.

Capítulo 6
Donde se cuentan otras muchas y fantásticas aventuras dignas de ser contadas

Sancho llegó a su amo, y don Quijote le dijo:

—Ahora acabo de creer, Sancho bueno, que aquel castillo o venta está encantado sin duda, porque aquellos que tan atrozmente tomaron pasatiempo contigo, ¿qué otra cosa podían ser sino fantasmas y gente de otro mundo?

—Tengo para mí —respondió Sancho— que no eran fantasmas, sino hombres de carne y hueso como nosotros. Y lo que yo saco en limpio de todo esto es que sería mejor y más acertado, según mi poco entendimiento, volvernos a nuestro lugar, ahora que es el tiempo de la siega, dejándonos de andar de Ceca a Meca.

—¡Qué poco sabes, Sancho, de achaque de caballería! Calla y ten paciencia, que día vendrá en que veas cuán honrosa cosa es andar en este ejercicio.

En tales coloquios iban don Quijote y su escudero, cuando vio don Quijote que por el camino venía hacia ellos una grande y espesa polvareda.

Y, en viéndola, se volvió a Sancho y dijo:

—Este es el día, ¡oh Sancho!, en el que tengo que hacer obras que queden escritas en el libro de la Fama. ¿Ves aquella polvareda que allí se levanta? Pues toda es cuajada de un copiosísimo ejército de diversas e innumerables gentes.

—Dos deben de ser —dijo Sancho—, pues de esta parte contraria se levanta asimismo otra polvareda.

La polvareda la levantaban dos grandes manadas de ovejas y carneros que de dos diferentes partes venían. Y con tanto ahínco afirmaba don Quijote que eran ejércitos, que Sancho le vino a creer y a decirle:

—Señor, pues, ¿qué hemos de hacer nosotros?

—¿Qué? —dijo don Quijote—. Favorecer y ayudar a los desvalidos, y combatir contra el grande emperador Alifanfarón, que es un furibundo pagano. ¿No oyes ya el relinchar de los caballos, el tocar de los clarines, el ruido de los tambores?

—No oigo otra cosa —respondió Sancho—, sino muchos balidos de ovejas y carneros.

—El miedo que tienes —dijo don Quijote— te hace, Sancho, que no veas ni oigas a derechas.

Y, diciendo esto, puso las espuelas a Rocinante y, lanza en ristre, bajó de la colina como un rayo, se entró por medio del escuadrón de las ovejas y comenzó a alanceallas con coraje. Los pastores desciñéronse las hondas y comenzaron a saludarle los oídos con piedras como el puño. Pero don Quijote no se preocupaba de las piedras. Llegó en esto una peladilla que le sepultó dos costillas en el cuerpo. Y luego otra almendra que se llevó de camino tres o cuatro dientes y muelas de la boca. Tal fueron los golpes, que le fue forzoso al pobre caballero dar consigo del caballo abajo. Llegáronse a él los pastores, y creyeron que le habían muerto. Y así, con mucha prisa, recogieron su ganado, cargaron con las reses muertas y se fueron.

Estábase todo ese tiempo Sancho mirando las locuras de su amo y maldiciendo la hora y el punto en que lo había conocido. Luego llegose a él y díjole:

—Más bueno era vuestra merced para predicador que para caballero andante.

—Dame acá la mano —dijo don Quijote—, y atiéntame con el dedo, y mira bien cuántos dientes y muelas me faltan de este lado derecho.

—Pues en esta parte de abajo —dijo Sancho— no tiene vuestra merced más de dos muelas y media; y en la de arriba ni media, ni ninguna; que está toda como la palma de la mano.

—¡Sin ventura yo! —dijo don Quijote—. Porque te hago saber, Sancho, que boca sin muelas es como molino sin piedra, y en mucho más se ha de estimar un diente que un diamante. Y ahora guíame tú, amigo Sancho, que yo te seguiré al paso que quisieres.

Hízolo así Sancho hacia donde le pareció que podía hallar posada, sin salirse del camino real.

En otras pláticas les tomó la noche en mitad del camino, y lo que no había de bueno en ello era que perecían de hambre. Yendo de esta manera, el escudero hambriento y el amo con ganas de comer, vieron que por el mismo camino venían hacia ellos gran multitud de lumbres. De allí a muy poco descubrieron que eran veinte encamisados, todos a caballo, con sus hachas encendidas, detrás de los cuales venía una litera cubierta de luto. Ante semejante visión, a tales horas y en tal despoblado, Sancho comenzó a dar diente con diente, como quien tiene frío de fiebre cuartana, pero don Quijote, con gentil brío y continente, se puso en medio del camino y dijo:

—Deteneos quienquiera que seáis, y dadme cuenta de quién sois, que es menester que yo lo sepa para que pueda castigaros del mal que fecisteis o bien para vengaros del tuerto que vos ficieron.

—Vamos de prisa —respondió uno de los encamisados— y no podemos detenernos.

Y picando la mula, pasó adelante. Don Quijote, ya encolerizado, enristrando su lanzón, arremetió a uno de los enlutados y dio con él en tierra. Los encamisados, entonces, que era gente medrosa y sin armas, comenzaron a correr por el campo con las hachas encendidas, que no parecían sino máscaras del carnaval. Y Sancho, admirado de su señor, decía entre sí:

—Sin duda este mi amo es tan valiente como él dice.

Llegose don Quijote al derribado y le puso la punta del lanzón en el rostro, diciéndole que se rindiese; si no, que le mataría. A lo cual respondió éste:

—Harto caído estoy, que tengo una pierna quebrada. Yo no soy sino bachiller y natural de Alcobendas. Vengo de Baeza con otros sacerdotes acompañando a un cuerpo muerto que llevábamos a su sepultura, que está en Segovia, de donde es natural.

—¿Y quién le mató? —preguntó don Quijote.

—Dios, por medio de unas calenturas pestilentes.

—De esta suerte —dijo don Quijote—, Nuestro Señor me ahorra el trabajo de tomar venganza de su muerte y deshacer su agravio.

—El agravio que en mí habéis deshecho —dijo el bachiller— ha sido dejarme agraviado para siempre.

—El daño estuvo, señor bachiller —respondió don Quijote—, en venir, como veníades, que propiamente semejábades cosa del otro mundo.

En esto llegó Sancho y díjole:

—Si quisieren saber estos señores quién ha sido el valiente que tales los puso, vuestra merced les dirá que es el famoso don Quijote de la Mancha, que por otro nombre se llama el *Caballero de la Triste Figura*.

Se fue el bachiller, y don Quijote preguntó a Sancho qué le había movido a llamarle *Caballero de la Triste Figura*.

—Porque le he estado mirando a la luz de aquella hacha, y verdaderamente tiene vuestra merced la más triste figura que jamás he visto. Digo que la aventura ha acabado bien, pero podría ser que esa gente volviese a rehacerse y a buscarnos. Lo que hay que hacer es retirarnos con gentil compás, y, como dicen, váyase el muerto a la sepultura y el vivo a la hogaza.

Comenzaron a caminar a tientas, pues la oscuridad de la noche no les dejaba ver cosa alguna, cuando llegó a sus oídos un gran ruido de agua. Parándose a escuchar de qué parte sonaba, oyeron otro estruendo que les aguó el contento del agua. Digo que oyeron que daban unos golpes a compás, con un cierto crujir de hierros y cadenas, que pusieran pavor a cualquier otro corazón que no fuera el de don Quijote. Saltó éste al punto sobre Rocinante, aprestó el lanzón y dijo:

—Aprieta un poco las cinchas a Rocinante, y quédate con Dios y espérame aquí hasta tres días no más, en los cuales, si no volviere, puedes tú volverte a nuestra aldea.

Pero Sancho, haciendo que apretaba las cinchas al caballo, ató con el cabestro de su asno ambos pies a Rocinante, de modo que, cuando don Quijote quiso partir, no pudo.

—Pues así, Sancho, que Rocinante no puede moverse, yo estoy contento a esperar a que ría el alba, aunque yo llore lo que tardare en llegar.

En esto, parece ser, o que el frío de la mañana, o que fuese cosa natural —que es lo que más se debe creer—, a Sancho le vino voluntad y deseo de hacer lo que otro no pudiera hacer por él, mas era tanto su miedo, que no osaba apartarse un paso de su amo. Y así lo que hizo fue soltarse los calzones con la mano derecha; alzó la camisa lo mejor que pudo y echó al aire ambas posaderas, que no eran muy pequeñas. Hecho esto, le pareció que no podía aliviarse sin hacer estrépito y ruido, y fue tan desdichado que, al cabo, vino a hacer un ruido bien diferente de aquel que le daba tanto miedo. Oyole don Quijote, y dijo:

—¿Qué rumor es ése, Sancho?

—Alguna cosa nueva debe de ser —respondió él—, que las aventuras nunca comienzan por poco.

Tornó a probar ventura, y sucediole que, sin más ruido, se halló libre de la carga que tanta pesadumbre le había dado. Mas como Sancho estaba tan cerca de su amo, que casi por línea recta subían los vapores, no se pudo excusar que algunos no llegasen a sus narices. Y, apenas hubieron llegado, cuando él fue al socorro, apretándolas entre los dos dedos, y con tono algo gangoso, dijo:

—Paréceme, Sancho, que tienes mucho miedo. Retírate unos pasos, y desde aquí en adelante ten más en cuenta con tu persona y con lo que debes a la mía.

—Apostaré —replicó Sancho— que piensa vuestra merced que yo he hecho alguna cosa que no debía.

—Peor es meneallo, amigo Sancho —respondió don Quijote.

Acabó en esto de descubrirse el alba, y a unos cien pasos vieron la causa de aquel horrísono y para ellos espantable ruido que tan suspensos los había tenido toda la noche. Y eran seis mazos de batán de un molino hidráulico, que con sus golpes formaban aquel estruendo.

Cuando don Quijote vio lo que era, enmudeció e inclinó la cabeza sobre el pecho con muestras de estar corrido.

En esto, comenzó a llover un poco, pero don Quijote no quiso entrar en el molino de los batanes y, torciendo el camino a la derecha, dieron en otro. De allí a poco, descubrió don Quijote a un hombre a caballo, que traía una cosa en la cabeza que relumbraba como si fuera de oro.

—Si no me engaño —dijo—, hacia nosotros viene uno que trae en su cabeza puesto el yelmo de Mambrino, que yo he jurado poseer.

—Mire vuestra merced lo que dice y hace —dijo Sancho—; que no querría que fuesen otros batanes que nos acabasen de abatanar y aporrear el sentido.

Pues el caso era que el yelmo, el caballo y el caballero que don Quijote veía era esto: que venía un barbero con una bacía de latón; y quiso la suerte que, para que no se le manchase el sombrero con la lluvia, se la puso sobre la cabeza, y, como estaba limpia, desde media legua relumbraba.

Cuando don Quijote vio cerca al pobre caballero, a todo correr de Rocinante le enristró con el lanzón bajo, llevando intención de pasarle de parte a parte. El barbero vio venir aquella fantasmada sobre sí y no tuvo otro remedio que dejarse caer del asno abajo. Y apenas hubo tocado el suelo, cuando se levantó más ligero que un gamo, y comenzó a correr que no le alcanzara el viento, dejando la bacía en el suelo.

Don Quijote se la puso luego en la cabeza y dijo:

—Sin duda que el pagano a cuya medida se forjó primero este famoso yelmo debía tener grandísima cabeza. ¿De qué te ríes, Sancho?

—Ríome —respondió él— de considerar la gran cabeza que tenía el dueño de este yelmo, que no asemeja sino una bacía de barbero pintiparada.

Capítulo 7
De la libertad que dio don Quijote a muchos desdichados y de las muy extrañas aventuras que en Sierra Morena le sucedieron

Cuenta Cide Hamete Benengeli, autor arábigo y manchego, en esta altisonante, gravísima, minuciosa, dulce e imaginada historia que, después de pasar las cosas que quedan referidas, don Quijote alzó los ojos y vio que por el camino venían hasta doce hombres, a pie, ensartados como cuentas en una gran cadena de hierro, por los cuellos, y todos con esposas en las manos. Venían con ellos dos hombres de a caballo y dos de a pie con escopetas, dardos y espadas. Y así que Sancho los vio, dijo:

—Esa es gente forzada del rey, que van a las galeras.

—¿Cómo gente forzada? —preguntó don Quijote—. ¿Es posible que el rey haga fuerza a ninguna gente?

—No digo eso —respondió Sancho—, sino que es gente que por sus delitos va condenada a servir al rey en galeras.

—Como quiera que ello sea —replicó don Quijote—, esa gente va de por fuerza y no de su voluntad. Y aquí encaja la resolución de mi oficio: socorrer a los miserables.

Llegó en esto la cadena de galeotes, y don Quijote, con muy corteses razones, pidió se le informara de las causas por que iba aquella gente de aquella manera.

—Este, señor —dijo un galeote, señalando a otro, triste y melancólico—, va por músico y cantor.

—Pues ¿cómo? —repitió don Quijote—. ¿Por músicos y cantores van también a galeras?

—Sí, señor; que no hay cosa peor que cantar en el tormento.

—Antes yo he oído decir —dijo don Quijote— que quien canta, sus males espanta.

—Acá es al revés —dijo el galeote—; quien canta una vez, llora toda la vida.

Pasó don Quijote ante otro condenado, hombre de venerable rostro, con una barba blanca; el cual, oyéndose preguntar la causa por que allí venía, comenzó a llorar y no respondió palabra. Mas otro galeote le sirvió de intérprete y dijo:

—Este hombre va por cuatro años a galeras por alcahuete y hechicero.

—A no haberle añadido lo de la hechicería —dijo don Quijote—, por ser solamente un alcahuete limpio, no merecía él ir a bogar en las galeras, sino a mandarlas y a ser su general. Que el de alcahuete debiera ser oficio de discretos y necesarísimo en la república bien ordenada, y que no le debía ejercer sino gente muy bien nacida. Bien sé, por el contrario, que no hay hechizos en el mundo que puedan forzar la voluntad, como algunos simples piensan.

—Así es —dijo el viejo—. Y, en verdad, señor, que en lo de hechicero no tuve culpa alguna; en lo de alcahuete no lo pude negar. Pero nunca pensé que hacía mal en ello; que toda mi intención era que todo el mundo se holgase y viviese en paz y quietud, sin pendencias ni penas.

Aquí tornó a su llanto. Y túvole Sancho tanta compasión, que sacó un real y se lo dio de limosna.

Don Quijote preguntó su delito a otro, que iba en hábito de estudiante y respondió:

—Yo voy aquí porque me burlé demasiadamente con dos primas hermanas mías y con otras dos hermanas, que no lo eran mías. Finalmente, tanto me burlé con todas, que resultó de la burla crecer la parentela.

Tras éstos venía un hombre de edad de treinta años, atado diferentemente de los demás, porque traía una cadena al pie y dos argollas a la garganta.

—Señor caballero —dijo el galeote—, si tiene algo que darnos, dénoslo ya, y váyase; que me enfada con tanto querer saber vidas ajenas. Y, si la mía quiere saber, sepa que yo soy Ginés de Pasamonte, cuya vida está escrita por estos pulgares.

—Dice verdad —dijo el comisario—, que él mismo ha escrito su historia en la cárcel y ha vendido el libro en doscientos reales.

—Y pienso —dijo Ginés— que bien vale doscientos ducados.

—¿Tan bueno es? —dijo don Quijote.

—Es tan bueno —respondió Ginés—, que aquel en que se publique será mal año para *Lazarillo de Tormes* y para todos cuantos de aquel género se han escrito o escribieren.

—¿Y está acabado? —preguntó don Quijote.

—¿Cómo puede estar acabado —respondió él—, si aún no está acabada mi vida?

—Hábil pareces —dijo don Quijote.

—Y desdichado —respondió Ginés—, porque siempre las desdichas persiguen al buen ingenio.

—De todo esto —dijo don Quijote—, hermanos carísimos, he sacado en limpio que las penas que vais a padecer no os dan mucho gusto. Y quiero rogar a estos señores comisarios sean servidos de desataros y dejaros ir en paz, porque me parece duro caso hacer esclavos a los que Dios y naturaleza hizo libres.

—¡Donosa majadería! —respondió el comisario—. Váyase, señor, camino adelante, y no ande buscando tres pies al gato.

—¡Vos sois el gato, y el rato y el bellaco! —respondió don Quijote.

Y, diciendo y haciendo, dio con él en el suelo, malherido de una lanzada. Los demás guardas quedaron atónitos, pero, volviendo sobre sí, pusieron mano a sus espadas y arremetieron a don Quijote, que con mucho sosiego los aguardaba. Y sin duda lo pasara mal, si los galeotes, viendo la ocasión que se les ofrecía de alcanzar la libertad, no la procuraran procurando romper su cadena. En la revuelta, los guardas, ya por acudir a los galeotes, ya por acometer a don Quijote, que los acometía, no hicieron cosa que fuese de provecho. Al cabo, no quedó guarda en todo el campo, porque se fueron huyendo de las muchas pedradas que los galeotes les tiraban.

Llamó luego don Quijote a los galeotes y les dijo:

—De gente bien nacida es agradecer los beneficios que reciben, y uno de los pecados que más a Dios ofende es la ingratitud. Dígolo, porque es mi voluntad que, cargados de esta cadena que quité de vuestros cuellos, vayáis a la ciudad del Toboso, y allí os presentéis ante la señora Dulcinea y le digáis que os envía su caballero, el de la Triste Figura.

Respondió por todos Ginés de Pasamonte, y dijo:

—Lo que vuestra merced nos manda es imposible de toda imposibilidad, y pedir a nosotros eso es como pedir peras al olmo.

—Pues ¡voto a tal! —dijo don Quijote, puesto en cólera—, don hijo de la puta o como os llaméis, que habéis de ir vos solo, rabo entre piernas, con toda la cadena a cuestas.

Ginés de Pasamonte, viéndose tratar de aquella manera, hizo un guiño a sus compañeros, y comenzaron a llover tantas piedras sobre don Quijote, que no se daba manos a cubrirse con la rodela. Acertaron no sé cuántos guijarros en el cuerpo, con tanta fuerza, que dieron con él en el suelo. Y apenas hubo caído, un galeote le quitó la bacía de la cabeza, y diole con ella tres o cuatro golpes en las espaldas y otros tantos en la tierra, con que la hizo pedazos. A Sancho le quitaron el gabán, y dejándole en camisa, repartiendo los demás despojos de la batalla, se fueron cada uno por su parte.

Solos quedaron jumento y Rocinante, Sancho y don Quijote. El jumento, cabizbajo, pensando que aún no había cesado la borrasca de piedras; Rocinante, tendido junto a su amo, que también vino al suelo de otra pedrada; Sancho en camisa y temeroso de la Santa Hermandad; don Quijote, mohinísimo de verse tan malparado por los mismos a quien tanto bien había hecho.

Viéndose tan malparado don Quijote, dijo a su escudero:

—Siempre, Sancho, lo he oído decir, que el hacer bien a villanos es echar agua en la mar. Paciencia, y escarmentar para desde aquí adelante.

—Así escarmentará vuestra merced —respondió Sancho— como yo soy turco. Y le hago saber que con la Santa Hermandad no hay que usar de caballerías, que el retirarse no es huir, y de sabios es guardarse hoy para mañana. Así que, suba en Rocinante, si puede, y sígame, que el caletre me dice que hemos de menester ahora más los pies que las manos.

Subió don Quijote sin replicar palabra, y se adentraron por Sierra Morena, llevando Sancho intención de esconderse algunos días por aquellas asperezas, por no ser hallados de la Hermandad.

—Estos lugares —dijo don Quijote— son acomodados para hacer el desesperado, el sandio y el furioso.

—¿Qué es lo que vuestra merced —preguntó Sancho— quiere hacer en tan remoto lugar?

—Quiero imitar a Amadís de Gaula, y juntamente al valiente don Roldán, que arrancó árboles, mató pastores, derribó casas e hizo otras mil hazañas dignas de eterno nombre y escritura. Pero podrá ser que me contente con la imitación de Amadís, que, sin hacer locuras de daño, sino de lloros y sentimientos, alcanzó tanta fama como el que más. Así que no gastes tiempo en aconsejarme que deje tan feliz imitación. Loco soy, loco he de ser hasta tanto que tú vuelvas con la respuesta de una carta que contigo pienso enviar a mi señora Dulcinea. Y, si no vuelves, seré loco de veras. Yo escribiré la carta en la hoja de un cuaderno de apuntes y tú te encargarás de hacerla trasladar en buen papel por algún maestro de escuela. Y hará poco al caso que vaya de mano ajena, porque, a lo que yo me sé acordar, Dulcinea no sabe escribir ni leer, y en toda su vida no ha visto letra mía, porque mis amores han sido siempre platónicos. Osaré jurar que a ella no la he visto más que cuatro veces en doce años, tal es el recato con que su padre, Lorenzo Corchuelo, la ha criado.

—¡Ta, ta! —dijo Sancho—. ¿Que la hija de Lorenzo Corchuelo es la señora Dulcinea del Toboso?

—Esa es —dijo don Quijote—, y es la que merece ser señora de todo el universo.

—Bien la conozco —dijo Sancho—, y sé decir que tira tan bien un bolo como el más forzudo zagal de todo el pueblo. ¡Qué fuerza tiene y qué voz! Sé decir que se puso un día encima del campanario a llamar a unos zagales, y, aunque estaban de allí a más de media legua, así la oyeron como si estuvieran al pie de la torre. Y lo mejor que tiene es que no es nada melindrosa: con todos se burla y de todo hace mueca y donaire. Bien considerado, ¿qué le ha de importar a Aldonza Lorenzo, digo, a la señora Dulcinea del Toboso, que se le vayan a hincar de rodillas los vencidos que vuestra merced le envía y ha de enviar?

—Has de saber, Sancho —respondió don Quijote—, que, por lo que yo quiero a Dulcinea del Toboso, tanto vale como la más alta princesa. Sí, que no todos los poetas que alaban damas es verdad que las tienen. ¿Piensas tú que las Dianas, las Galateas, las Alidas y otras tales de que los libros, los romances, los teatros de las comedias, están llenos, fueron verdaderamente damas de carne y hueso? No, por cierto, sino que los más se las inventan, por dar materia a sus versos, y porque los tengan por enamorados y por hombres que tienen el valor para serlo. Y así, básteme a mí pensar y creer que la buena de Aldonza Lorenzo es hermosa y honesta. Porque has de saber, Sancho, si no lo sabes, que dos cosas solas incitan a amar más que otras: la mucha hermosura y la buena fama.

—Digo que en todo tiene vuestra merced razón —respondió Sancho—, y que yo soy un asno. Mas no sé yo para qué nombro asno en mi boca, pues no se ha de nombrar la soga en casa del ahorcado. Pero venga la carta, y ya me voy.

Don Quijote, apartándose, con mucho sosiego empezó a escribir la carta, con otra para su sobrina ordenándole la entrega de tres asnos o pollinos a Sancho, en pago a su servicio. Y, en acabándola, llamó a Sancho y le dijo que se la quería leer.

—Escucha, que así dice —dijo don Quijote:

Soberana y alta señora:
El ferido de ausencia y el llagado del corazón, dulcísima Dulcinea del Toboso, te envía la salud que él no tiene. Mi buen escudero Sancho te dará entera relación, ¡oh bella ingrata, amada enemiga mía!, del modo que por tu causa quedo. Si gustares de socorrerme, tuyo soy; y si no, haz lo que te viniere en gusto, que con acabar mi vida habré satisfecho a tu crueldad y a mi deseo.
Tuyo hasta la muerte.
El Caballero de la Triste Figura

—Por vida de mi padre —dijo Sancho—, que es la cosa más alta que jamás he oído. Escriba ahora vuestra merced la orden de pago de los tres pollinos y fírmela con mucha claridad, porque la conozcan en viéndola.

Y, habiéndola escrito, se la leyó, que decía así:

Mandará por esta primera nota de pollinos, señora sobrina, dar a Sancho Panza, mi escudero, tres de los cinco que dejé en casa a cargo de vuestra merced. Los cuales tres pollinos se los mando librar y pagar por otros tantos aquí recibidos al contado. Fecha en las entrañas de Sierra Morena a veintidós de agosto del presente año.

—Buena está —dijo Sancho—, fírmela vuestra merced.

—No es menester firmarla —dijo don Quijote—, sino solamente poner mi rúbrica, que para tres asnos, y aun para trescientos, fuera bastante.

—Yo me fío de vuestra merced —respondió Sancho—. Dispóngase, pues, a echarme su bendición, que al punto pienso partir sin ver las sandeces que vuestra merced ha de hacer, que yo diré que le vi hacer tantas, que no quiera más.

—Por lo menos, quiero, Sancho, que me veas en cueros, y hacer una o dos docenas de locuras, que las haré en menos de media hora, para que puedas jurar que las has visto.

—Por amor de Dios, señor mío, que no vea yo en cueros a vuestra merced, que me dará mucha lástima y no podré dejar de llorar. Porque, ¿dónde se ha de sufrir que un caballero andante, tan famoso como vuestra merced, se vuelva loco?

—A lo que me parece, Sancho —dijo don Quijote—, tú no estás más cuerdo que yo.

Y así, no sin muchas lágrimas de ambos, se despidieron. Mas no hubo andado Sancho cien pasos, cuando volvió y dijo:

—Digo, señor, que vuestra merced ha dicho muy bien, que para que pueda jurar sin cargo de conciencia que le he visto hacer locuras, será bien que vea siquiera una.

—¿No te lo decía yo? —dijo don Quijote—. Espérate, Sancho, que en un credo las haré.

Y, desnudándose a toda prisa los calzones, dio, sin más ni más, dos zapatetas en el aire y dos volteretas, la cabeza abajo y los pies en alto, descubriendo cosas que, por no verlas otra vez, volvió Sancho las riendas y se dio por contento de que podía jurar que su amo quedaba loco.

Capítulo 8
De cómo el cura y el barbero se las ingeniaron para llevar a don Quijote a su pueblo y casa

Será bien dejar a don Quijote envuelto entre sus suspiros y versos, para contar lo que le ocurrió a Sancho Panza en su encargo. Y fue que, en saliendo al camino real, se puso en busca del Toboso, y al siguiente día llegó a la venta donde le había sucedido la desgracia de la manta, y no quiso entrar, aunque llevaba el deseo de gustar algo caliente, que hacía grandes días que todo lo que comía era fiambre.

Estando en esto, salieron de la venta dos personas que le conocieron. Y bien que habían de conocerle, como que eran el cura y el barbero de su lugar, los que hicieron el auto de fe de los libros. Los cuales, deseosos de saber de don Quijote, le llamaron por su nombre, diciéndole:

—Amigo Sancho Panza, ¿adónde queda vuestro amo?

Conociolos entonces Sancho Panza, y determinó encubrir el lugar y la suerte dónde y cómo su amo quedaba; y así les respondió que su amo quedaba ocupado en cierta parte y en cierta cosa de mucha importancia, la cual él no podía descubrir.

—No, no —dijo el barbero—, Sancho Panza. Si vos no nos decís dónde queda, imaginaremos, como ya imaginamos, que vos le habéis muerto y robado.

—No hay para qué amenazarme, que yo no soy hombre que robo ni mato a nadie: a cada uno mate su ventura, o Dios, que la hizo. Mi amo queda haciendo penitencia en la mitad de esta montaña, muy a su gusto.

Y luego, de corrida, les contó las aventuras que le habían sucedido, y cómo llevaba la carta a la señora Dulcinea, que era la hija de Lorenzo Corchuelo, de quien su amo estaba enamorado hasta los hígados.

Quedaron admirados de lo que Sancho Panza les contaba, y pidiéronle que les enseñase la carta que llevaba. Metió la mano en el seno Sancho Panza, buscando el cuaderno de notas, pero no lo halló, ni lo podía hallar, porque se había quedado don Quijote con él, y no se lo había dado, ni él se acordó de pedírselo.

Cuando Sancho vio que no hallaba el libro, se dio media docena de puñadas en el rostro y en las narices, que se las bañó todas en sangre. Visto lo cual, el cura y el barbero le dijeron que qué había sucedido.

—¿Qué me ha de suceder —respondió Sancho—, sino el haber perdido en un instante tres asnos, cada uno como un castillo? Porque he perdido el cuaderno donde venía carta para Dulcinea, y una orden de pago de mi señor, en la cual mandaba a su sobrina me diese tres pollinos.

Consolole el cura, y díjole que, en hallando a su señor, le daría otra orden de pago en el papel adecuado, porque las que se hacían en un cuaderno jamás se aceptaban ni cumplían. Con esto se consoló Sancho y dijo que no le daba pena la pérdida de la carta de Dulcinea, porque él la sabía casi de memoria.

—Decidla, Sancho, pues —dijo el barbero—, que después la escribiremos.

Parose Sancho a rascar la cabeza, y ya se ponía sobre un pie, ya sobre otro. Unas veces miraba al suelo, otras al cielo, y, tras haberse roído la mitad de la yema de un dedo, dijo al cabo de grandísimo rato:

—En el principio decía: «alta y sobada señora».

—No diría —dijo el barbero— *sobada,* sino sobrehumana o soberana señora.

—Así es —dijo Sancho—. Luego, si mal no me acuerdo, proseguía... «el lego y falto de sueño, y el ferido besa a vuestra merced las manos, ingrata y muy desconocida hermosa», y no sé qué decía luego de salud y de enfermedad que le enviaba.

Alabáronle mucho los dos la buena memoria, y Sancho añadió que, en cuanto trajese respuesta de la señora Dulcinea del Toboso, don Quijote se había de poner en camino para ser emperador o, por lo menos, monarca; y que a él, porque ya habría quedado viudo, le había de dar por mujer a la heredera de un rico y grande estado de tierra firme, sin ínsulos ni ínsulas, que ya no las quería.

—Discreto sois —dijo el cura—. Mas lo que ahora se ha de hacer es sacar a vuestro amo de aquella inútil penitencia que decís que queda haciendo. Y para pensar el modo, y para comer, que ya es hora, será bien nos entremos en esta venta.

Y vino el cura en un pensamiento muy al gusto de don Quijote para lo que se proponían. Y fue que él se vestiría en hábito de doncella andante, y el barbero de escudero, fingiendo ser ella una doncella afligida y menesterosa, y pidiéndole que se viniese con ella a desfacelle un agravio. Y que de esta manera le sacarían de allí, y le llevarían a su lugar, donde procurarían ver si tenía algún remedio su extraña locura.

El cura contó en breves razones la locura de don Quijote a la ventera, y ella lo vistió de modo que no había más que ver: púsole una saya y unos corpiños de terciopelo verde, guarnecidos con unos ribetes de raso blanco, antifaz, y en la cabeza un birrete que usaba para dormir. El barbero se puso una barba, entre roja y blanca, que le llegaba a la cintura. Mas apenas hubo salido de la venta, cuando le vino al cura el pensamiento que hacía mal en haberse puesto de aquella manera, por ser cosa indecente para un sacerdote. Y, diciéndoselo al barbero, le rogó que trocasen trajes, pues era más justo que él fuese la doncella menesterosa.

En esto llegó Sancho, y al ver a los dos en aquel traje no pudo tener la risa. Pero ellos le dijeron que el vestirse de aquel modo era de toda importancia para sacar a su amo de la mala vida que había escogido, y que le encargaban mucho que no dijera a su amo quién eran ellos; y que si le preguntase si dio la carta a Dulcinea, dijese que sí, y que, por no saber leer, le había respondido de palabra, mandándole que al momento viniese a verla.

Al día siguiente llegaron al lugar donde Sancho había dejado a su señor, y salió el escudero en busca de don Quijote. Encontraron entonces el cura y el barbero a dos jóvenes enamorados, huidos de sus casas, de nombre Cardenio y Dorotea, y les contaron el remedio que tenían pensado para llevar a don Quijote a su casa. A lo cual dijo Dorotea que ella haría la doncella menesterosa mejor que el barbero, cuanto más que tenía vestidos con que hacerlo al natural, y porque ella había leído muchos libros de caballerías y sabía bien el estilo que tenían las doncellas cuando pedían sus dones a los andantes caballeros.

En esto regresó Sancho, quien mucho se admiró a la vista de tan fermosa señora, diciéndoles que había hallado a su amo en camisa, flaco, amarillo y muerto de hambre, y suspirando por su señora Dulcinea. Partieron, pues, todos a unas intrincadas peñas, donde descubrieron a don Quijote, y el barbado barbero descendió a Dorotea de su mula. La joven se fue a hincar de rodillas ante don Quijote y le habló de esta guisa:

—De aquí no me levantaré, ¡oh valeroso y esforzado caballero!, hasta que vuestra bondad me conceda un don: que vuestra magnífica persona se venga conmigo donde yo lo llevaré y me prometa que no se ha de entremeter en otra aventura, hasta darme venganza de un traidor que me tiene usurpado mi reino.

—Yo vos lo otorgo y concedo —respondió don Quijote—, puesto que se ha de cumplir sin daño o mengua de mi rey, de mi patria y de aquella que de mi corazón y libertad tiene la llave.

La menesterosa doncella pugnó con mucha porfía por besarle las manos, mas don Quijote, que en todo era comedido y cortés caballero, jamás lo consintió; antes la hizo levantar y la abrazó con mucha cortesía y comedimiento.

Pusiéronse en camino, unos a caballo y otros a pie, y dijo don Quijote a la princesa:

—Vuestra grandeza, señora mía, guíe por donde más gusto le diere.

—Hacia el reino de Micomicón es mi camino —respondió ella.

—Si es así —dijo el cura—, por mitad de mi pueblo hemos de pasar, y de allí podrá vuestra merced dirigirse a Cartagena, donde podrá embarcar con la buena ventura.

Capítulo 9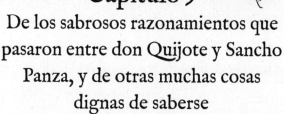
De los sabrosos razonamientos que pasaron entre don Quijote y Sancho Panza, y de otras muchas cosas dignas de saberse

Quiso Dorotea, de camino, relatar su historia, y todos se le acercaron, deseosos de ver cómo la fingía, y lo mismo hizo Sancho, que tan engañado iba con ella como su amo. Y ella, con mucho donaire, comenzó a decir de esta manera:

—Mi padre, el rey de Micomicón, fue muy docto en eso que llaman el arte mágica, y descubrió con su ciencia que yo había de quedar huérfana de padre y madre. Y dio por cosa muy cierta que un descomunal gigante, llamado Pandafilando de la Fosca Vista, había de pasar sobre mi reino y me lo había de quitar todo. Dijo mi padre que, si quería evitar la destrucción de mis buenos vasallos, no había de defenderme, sino que me pusiese en camino de las Españas, donde hallaría a un caballero andante, el cual se había de llamar, si mal no me acuerdo, don Azote, o don Bigote.

—Don Quijote, diría, señora —dijo a esta sazón Sancho Panza.

—Así es —dijo Dorotea—. Y dijo más, porque dejó escrito que, si este caballero de la profecía, después de haber degollado al gigante, quisiese casarse conmigo, le diese posesión de mi reino, junto con la de mi persona.

—¿Qué te parece, Sancho amigo? —dijo a este punto don Quijote—. ¿No te lo dije yo? Mira si ya tenemos reino que mandar y reina con quien casar.

Sancho dio dos zapatetas en el aire, con muestras de grandísimo contento, y fue a besarle las manos a Dorotea, en señal que la recibía por su reina y señora.

—De nuevo confirmo el don que os he prometido —dijo entonces don Quijote—, pero no es posible para mí el casarme.

Pareciole tan mal a Sancho lo que últimamente su amo dijo, que, con gran enojo, alzó la voz diciendo:

—Voto a mí, que no tiene vuestra merced cabal juicio. Pues, ¿cómo es posible que dude en casarse con tan alta princesa? ¿Es, por dicha, más hermosa mi señora Dulcinea? Cásese, cásese luego, y tome ese reino que le viene a las manos de balde, y, en siendo rey, hágame marqués o adelantado.

Don Quijote, que tal blasfemia oyó decir contra su señora Dulcinea, no lo pudo sufrir, y le dio tales dos palos, que dio con Sancho en tierra.

—¿No sabéis vos, gañán, faquín, bellaco —dijo al cabo de un rato—, que, si no fuese por el valor que Dulcinea infunde en mi brazo, no lo tendría yo para matar una pulga?

Sancho se fue a poner detrás del palafrén de Dorotea, y desde allí dijo a su amo:

—Cásese vuestra merced de momento con esta reina, ahora que la tenemos como llovida del cielo, y después puede volver con mi señora Dulcinea; que reyes debe de haber en el mundo que son amancebados. En lo de la hermosura no me entrometo, que las dos me parecen bien, puesto que yo nunca he visto a la señora Dulcinea.

—¿Cómo que no la has visto, traidor blasfemo? —dijo don Quijote—. ¿Pues no acabas de traerme un recado de su parte?

—Digo que no la he visto tan despacio —respondió Sancho— que pueda haber notado en detalle su hermosura, pero así, a bulto, me parece bien.

—Ahora te disculpo —dijo don Quijote—, y perdóname el enojo que te he dado. Echemos, Panza amigo, pelillos a la mar, y dime ahora sin rencor alguno: ¿Dónde, cómo y cuándo hallaste a Dulcinea? ¿Qué hacía? ¿Qué rostro puso cuando leía mi carta? ¿Qué te respondió? A buen seguro que la hallaste ensartando perlas o bordando un escudo en oro.

—No la hallé —respondió Sancho—, sino ahechando dos fanegas de trigo en el corral de su casa.

—Pero no me negarás, Sancho, una cosa: cuando llegaste junto a ella, ¿no sentiste una fragancia aromática, como si estuvieras en la tienda de algún curioso guantero?

—Lo que sé decir —dijo Sancho— es que sentí un olorcillo algo hombruno. Y debía ser que ella, con el mucho ejercicio, estaba sudada.

—Te debiste oler a ti mismo, porque yo sé bien a qué huele aquel lirio del campo. Y bien —prosiguió don Quijote—, ¿qué hizo cuando leyó la carta?

—La carta —dijo Sancho— no la leyó, porque dijo que no sabía leer ni escribir. La rasgó y la hizo menudos pedazos, diciendo que no la quería dar a leer a nadie, porque no se supiesen sus secretos. Finalmente me encargó que dijese a vuestra merced que le besaba las manos, y que le suplicaba y mandaba que se saliese de aquellos matorrales y se dejase de hacer disparates. Pregúntele si había ido allá el vizcaíno de marras, y díjome que sí. También le pregunté por los galeotes, mas díjome que hasta entonces no había visto ninguno.

—Todo va bien hasta ahora —dijo don Quijote—. Pero, ¿sabes de qué estoy maravillado, Sancho? De que me parece que fuiste y viniste por los aires, pues poco más de tres días has tardado en ir y venir más de treinta leguas. Será que algún sabio amigo te debió de llevar en volandillas, sin que tú lo sintieses.

—Así será —dijo Sancho.

Al otro día llegaron a la venta, y todos los de allí, que vieron venir a don Quijote y Sancho, les salieron a recibir con muestras de mucha alegría. Retiráronse luego a reposar, y salió luego Sancho Panza todo alborotado, diciendo a voces:

—Acudid, señores, y socorred a mi señor, que anda envuelto en la más reñida batalla que mis ojos han visto. ¡Vive Dios que le ha tajado la cabeza a un gigante, como si fuera un nabo! El gigante está ya muerto, que yo vi correr la sangre por el suelo, y la cabeza cortada y caída a un lado, que es grande como un gran cuero de vino.

Entró el ventero en el aposento, y todos tras él, y hallaron a don Quijote en camisa, que no le acababa de cubrir los muslos. Las piernas eran muy largas y flacas, llenas de vello y nada limpias. Tenía en la cabeza un bonetillo colorado, grasiento, del ventero, y, en la mano derecha, desenvainada la espada. Y es lo bueno que no tenía los ojos abiertos, porque estaba durmiendo y soñando que estaba en batalla con el gigante. Y había dado tantas cuchilladas a unos cueros de vino que a su cabecera se hallaban, que todo el aposento estaba lleno de vino.

Todos reían, menos el ventero, que se daba a Satanás. Pero, en fin, tanto hicieron, que dieron con don Quijote en la cama, donde quedó dormido, con muestras de grandísimo cansancio. Aunque más tuvieron que hacer para aplacar al ventero, que estaba desesperado por la repentina muerte de sus cueros.

Llegada la hora, sentáronse todos a una larga mesa, dieron la cabecera y principal asiento a don Quijote y cenaron con mucho contento, y más cuando don Quijote, dejando de comer, les dijo:

—Quítenseme de delante los que dicen que las letras son mejores que las armas; que les diré que no saben lo que dicen. Siendo así que las armas requieren espíritu, como las letras, veamos ahora cuál de los dos espíritus trabaja más. Digo, pues, que los trabajos del estudiante son éstos: principalmente pobreza, ya en hambre, ya en frío, ya en desnudez, ya en todo conjunto. Pero, así y todo, llegan al grado que desean y, una vez alcanzado, los hemos visto mandar y gobernar el mundo desde una silla. Veamos ahora si acaso es más rico el soldado. Y veremos que no hay ninguno más pobre en la misma pobreza, porque está reducido a la miseria de su paga, que viene tarde o nunca. Pues esperad a que llegue el día de batalla, que le dejará estropeado de brazo o pierna. Alcanzar alguno a ser eminente en letras le cuesta tiempo, vigilias, hambre y desnudez; pero llegar uno por sus términos a ser buen soldado le cuesta todo lo que al estudiante, y en mayor grado, porque a cada paso está a pique de perder la vida. Benditos aquellos siglos que carecieron de aquestos endemoniados instrumentos de la artillería, a cuyo inventor tengo para mí en el infierno. Y así, considerando esto, estoy por decir que en el alma me pesa de haber tomado este ejercicio de caballero andante en época tan detestable como esta en que vivimos, porque me inquieta pensar si la pólvora me ha de quitar la ocasión de hacerme famoso por el valor de mi espada.

Dos días eran ya pasados en la venta y, pareciéndoles que era tiempo de partir, dieron orden de construir como una jaula de palos enrejados en una carreta de bueyes. Luego todos se disfrazaron y, en silencio, se entraron donde estaba durmiendo don Quijote y, asiéndole fuertemente, le ataron las manos y los pies. Tomáronle luego en hombros y le encerraron dentro de la jaula, y acomodaron ésta en el carro de bueyes.

Ya de camino, le dijo don Quijote a Sancho:

—Muchas y graves historias he leído de caballeros andantes, pero jamás he leído que a los caballeros encantados los lleven de esta manera, porque siempre los suelen llevar por los aires. ¿Qué te parece todo esto, Sancho hijo?

—Pero ¿es posible que sea vuestra merced tan duro de cerebelo —respondió Sancho—, que no eche de ver que en esta su prisión tiene más parte la malicia que los hechizos? Y así, pregunto si acaso le ha venido gana de hacer aguas mayores o menores.

—Ya entiendo, Sancho. Muchas veces durante el camino, y aún ahora la tengo. ¡Sácame de este peligro!

—¡Ah! —dijo Sancho—. Cogido le tengo. Porque los que comen, beben, duermen y hacen las obras naturales que yo digo, estos tales no están hechizados, como pretende estarlo vuestra merced.

—Verdad dices, Sancho —respondió don Quijote—, mas yo sé y tengo para mí que voy hechizado. Y esto basta para la seguridad de mi conciencia.

Al cabo de seis días, llegaron a la aldea de don Quijote, adonde entraron en la mitad del día, que acertó a ser domingo. Y la gente estaba toda en la plaza, por mitad de la cual atravesó el carro de don Quijote. Un muchacho acudió corriendo a dar las nuevas a su ama y a su sobrina de que su tío y su señor venía flaco y amarillo, y tendido sobre un montón de heno y en un carro de bueyes. Cosa de lástima fue oír los gritos que las dos buenas señoras alzaron y las maldiciones que de nuevo echaron a los malditos libros de caballerías, cuando vieron entrar a don Quijote por sus puertas.

A las nuevas de esta venida, acudió la mujer de Sancho Panza, y así como lo vio, lo primero que le preguntó fue si venía bueno el asno. Sancho respondió que venía mejor que su amo.

—Gracias sean dadas a Dios —replicó ella—. Pero contadme ahora, amigo. ¿Qué bien habéis sacado de vuestras escuderías? ¿Qué ropa me traéis a mí? ¿Qué zapaticos a vuestros hijos?

—No traigo nada de eso —dijo Sancho—, mujer mía, sino cosas de más consideración, que vos me veréis pronto conde, y te admirarás de oírte llamar señoría por todos tus vasallos.

—¿Qué es lo que decís, Sancho, de señorías y vasallos? —respondió ella.

—Te baste saber que digo verdad, y cose la boca. Ahora sólo te sabré decir, así de paso, que no hay cosa más gustosa en el mundo que ser un honrado escudero de un caballero buscador de aventuras. Lo sé por experiencia, pues de algunas he salido molido, pero, con todo, es linda cosa esperar los sucesos atravesando montes o alojándose en ventas sin pagar un maldito maravedí.

En tanto estas pláticas pasaron entre Sancho Panza y Juana Panza, el cura encargó a la sobrina y al ama que tuviesen gran cuenta con cuidar a su tío y señor, y que estuviesen alerta para que otra vez no se les escapase. Ellas quedaron confusas y temerosas de que se habían de ver sin su amo y tío en el mismo punto en que tuviese alguna mejoría. Y sucedió como se lo imaginaban.

El fidedigno autor de esta nueva y jamás vista historia no pide a los que la leyeren, en premio del inmenso trabajo que le costó sacarla a la luz, sino que le den el mismo crédito que suelen dar los discretos a los libros de caballerías. Con esto se dará por bien pagado y satisfecho, y se animará a sacar y buscar otras, si no tan verdaderas, a lo menos de tanta invención y pasatiempo.

Segunda parte
del ingenioso caballero don
Quijote de la Mancha

Al conde de Lemos

Prólogo

¡Válgame Dios, y con cuánta gana debes de estar esperando, lector ilustre o plebeyo, este prólogo, creyendo hallar en él venganza del segundo *Quijote,* que dicen que se engendró en Tordesillas y nació en Tarragona! Pues en verdad que no te he de dar este contento. Quisieras tú que a su autor llamara asno, pero ni se me pasa por el pensamiento: castíguele su pecado, y con su pan se lo coma.

Lo que no he podido dejar de sentir es que me tilde de viejo y de manco, como si hubiera estado en mi mano haber detenido el tiempo, o mi manquedad hubiera nacido en alguna taberna, y no en la más alta ocasión que vieron los siglos pasados, los presentes, ni esperan ver los venideros. Las heridas que muestra el soldado, estrellas son que guían a los demás al cielo de la honra. Y se ha de advertir que no se escribe con las canas, sino con el entendimiento, el cual suele mejorarse con los años.

Dile tú que la amenaza que me hace, de que me ha de quitar la ganancia con su libro, no se me da un ardite. La honra la puede tener el pobre, pero no el vicioso; la virtud, aunque sea entre los resquicios de la estrechez, viene a ser estimada de los altos y nobles espíritus, y, por consiguiente, favorecida.

Y no le digas más, ni yo quiero decirte más a ti, sino advertirte que esta segunda parte de *Don Quijote* que te ofrezco es cortada del mismo artífice y del mismo paño que la primera, y que en ella te doy a don Quijote ampliado y, finalmente, muerto y sepultado, para que ninguno se atreva a levantarle nuevos testimonios, pues la abundancia de las cosas, aunque sean buenas, hace que no se estimen, y la carestía, aun de las malas, se estima en algo. Olvídaseme decirte que esperes el *Persíles*, que ya estoy acabando, y la segunda parte de *Galatea*.

Capítulo 1
Donde se cuenta lo que le sucedió a don Quijote en su tercera salida, yendo a ver a su señora Dulcinea del Toboso

Cuenta Cide Hamete Benengeli en la segunda parte de esta historia que el cura y el barbero estuvieron casi un mes sin ver a don Quijote, por no traerle a la memoria las cosas pasadas. Visitáronle, por fin, y halláronle sentado en la cama. Habló con ellos don Quijote con tanta discreción, que los dos examinadores le creyeron en su entero juicio, pero el cura quiso comprobar si la sanidad de don Quijote era falsa o verdadera, y dijo que se tenía por cierto que el turco bajaba con una poderosa armada y que Su Majestad había puesto en alerta Nápoles, Sicilia y Malta.

—Su Majestad ha obrado como prudentísimo guerrero —respondió a ello don Quijote—, pero le bastaría media docena de caballeros andantes para destruir la potestad del turco.

—¡Ay! —dijo a este punto la sobrina—. ¡Que me maten si no quiere mi señor volver a ser caballero andante!

—Caballero andante he de morir —respondió don Quijote.

En esto se oyeron grandes voces, porque Sancho pugnaba por entrar a ver a don Quijote y el ama se lo prohibía.

—¿Qué quiere este mostrenco en esta casa? Idos, que sois vos quien empuja a mi amo y le lleva por esos andurriales.

—Ama de Satanás —respondió Sancho—, el empujado y el llevado por esos andurriales soy yo; que me prometió una ínsula y hasta ahora la espero.

—Mucho me pesa —dijo don Quijote— que digas que yo te saqué de tus casillas, sabiendo que yo no me quedé en mis casas. Juntos salimos y juntos peregrinamos; una misma fortuna ha corrido para los dos.

—Así había de ser —respondió Sancho—, pero debo deciros que el vulgo tiene a vuestra merced por grandísimo loco, y a mí por no menos mentecato. Y eso es nada. Anoche llegó el hijo de Bartolomé Carrasco, que viene de Salamanca hecho bachiller, y me dijo que andaba ya en libros la historia de vuestra merced, con todas las cosas que pasamos nosotros a solas, que me hice cruces de espanto de cómo las pudo saber el que las escribió.

—Yo te aseguro, Sancho —dijo don Quijote—, que debe de ser algún sabio encantador el autor de nuestra historia, que a los tales no se les encubre nada de lo que quieren escribir.

—¡Si será sabio y encantador —dijo Sancho— que, según dice el bachiller Sansón Carrasco, el autor de la historia se llama Cide Hamete Berenjena!

—Tú debes, Sancho —dijo don Quijote—, errar en el sobrenombre de ese Cidi, que en arábigo quiere decir *señor*.

—Bien podría ser —replicó Sancho—, mas si vuestra merced gusta que yo le haga venir aquí, iré por el bachiller en volandas.

—Harasme mucho placer —respondió don Quijote.

Era el bachiller, aunque se llamaba Sansón, no muy grande de cuerpo. Tendría hasta veinticuatro años, carirredondo y de nariz chata, señales éstas de ser de condición maliciosa y amigo de burlas, como lo demostró.

—¿Verdad es que hay historia mía? —preguntó don Quijote.

—Y mía —dijo Sancho—. Pues también dicen que soy yo uno de los principales personajes de ella.

—Es tan verdad, señor —dijo Sansón—, como en el día de hoy están impresos más de doce mil libros de tal historia. Si no, dígalo Portugal, Barcelona y Valencia. Dicen que se está traduciendo en Amberes, y pienso que no ha de haber nación ni lengua donde no se traduzca. Los niños la manosean, los mozos la leen, los hombres la entienden y los viejos la celebran, que apenas han visto a un rocín flaco, cuando dicen: «Allí va Rocinante».

—Dígame, señor bachiller —dijo a esta sazón Sancho—: ¿cuenta allí la aventura de los gallegos, cuando a nuestro buen Rocinante se le antojó acercarse a las yeguas?

—No se le quedó nada —respondió Sansón— al sabio en el tintero. Todo lo dice y todo lo apunta: hasta lo de las cabriolas que el buen Sancho dio en la manta.

—En la manta no hice yo cabriolas —respondió Sancho—, pero en el aire sí.

—A lo que yo imagino —dijo don Quijote—, no hay historia humana en el mundo que no tenga sus altibajos.

—Algunos que la han leído —respondió el bachiller— preferirían que el autor se hubiera olvidado de los infinitos palos que en diferentes encuentros dieron al señor don Quijote.

—Ahí entra la verdad de la historia —dijo Sancho.

—También pudieran callarse por equidad —dijo don Quijote.

—Así es —replicó Sansón—. Pero una cosa es escribir como poeta y otra como historiador: el poeta puede contar o cantar las cosas, no como fueron, sino como debían ser; y el historiador las ha de escribir, no como debían ser, sino como fueron.

—Los historiadores que de mentiras se valen —dijo don Quijote— habían de ser quemados. La historia es como cosa sagrada, porque ha de ser verdadera. Pero no obstante esto, algunos de los que así la componen arrojan libros de sí como si fuesen buñuelos.

—No hay libro tan malo —dijo el bachiller—, que no contenga algo bueno.

Viendo el ama que Sancho Panza se encerraba tanto con su señor, cayó en la cuenta de sus intenciones, e, imaginando que de las consultas había de salir la resolución de su tercera salida, y tomando su manto, toda llena de congoja y pesadumbre se fue a buscar al bachiller Sansón Carrasco.

Hallole paseando por el patio de su casa, y viéndole, se dejó caer a sus pies, con muestras doloridas y sobresaltadas.

—¿Qué es eso, señora ama? ¿Qué le ha acontecido, que parece que le quiere arrancar el alma?

—No es nada, señor Sansón mío, sino que mi amo se sale; ¡sálese sin duda!

—¿Y por dónde se sale, señora? —preguntó Sansón—. ¿Hásele roto alguna parte de su cuerpo?

—No se sale —respondió ella— sino por la puerta de su locura. Quiero decir que quiere salir otra vez, que con esta será la tercera, a buscar por este mundo lo que él llama aventuras. La primera vez nos lo volvieron molido a palos. La segunda vino en un carro de bueyes y encerrado en una jaula. Y venía que no lo conociera la madre que lo parió, que para volverlo un poco en sí, gasté más de seiscientos huevos, como lo saben Dios y mis gallinas, que no me dejarán mentir.

—Pues no tenga pena —respondió el bachiller—, sino váyase en hora buena a su casa; que luego verá maravillas.

Y con esto se fue el ama, y el bachiller fue luego a buscar al cura, a discutir con él lo que se dirá a su tiempo.

Al cabo de tres días, al anochecer, sin que nadie lo viese salvo el bachiller, que quiso acompañarles media legua, don Quijote y Sancho se pusieron en camino del Toboso, don Quijote sobre su buen Rocinante, y Sancho sobre su antiguo rucio, proveídas las alforjas de cosas tocantes a la manduca.

Luego que se quedaron solos, dijo don Quijote:

—Tengo determinado entrar en el Toboso y tomar bendición de la sin par Dulcinea.

Estaba el pueblo en un sosegado silencio, porque era de noche y todos sus vecinos dormían a pierna tendida, como suele decirse.

—Advierte, Sancho —dijo don Quijote—, que yo veo poco, o aquel bulto y aquella gran sombra que desde aquí se descubre debe ser el palacio de Dulcinea.

—Pues guíe vuestra merced —respondió Sancho—, que así lo creeré yo como creer que es ahora de día.

Guió don Quijote y, habiendo andado como doscientos pasos, dio con el bulto que hacía la sombra, y vio que el tal edificio no era alcázar sino la iglesia del pueblo. Y dijo:

—Con la iglesia hemos dado, Sancho.

—Ya lo veo —respondió Sancho—. Y quiera Dios que no demos con nuestra sepultura, que no es buena cosa andar por los cementerios a tales horas. Mejor será, señor, que nos salgamos fuera de la ciudad, y que vuestra merced se embosque en alguna floresta cercana, y yo volveré de día y hablaré con mi señora sin menoscabo de su honra y fama.

Rabiaba Sancho por sacar a su amo del pueblo, para que no averiguase la mentira de la respuesta que de parte de Dulcinea le había llevado a Sierra Morena, y así, a dos millas del lugar, hallaron una floresta donde se emboscaron.

—Yo iré y volveré presto —dijo entonces Sancho—. Ensanche vuestra merced ese corazoncillo, y considere que se suele decir que buen corazón quebranta mala ventura, y también se dice que donde no se piensa, salta la liebre.

—Me dé Dios ventura en lo que deseo como tú das refranes —dijo don Quijote.

Y se quedó, lleno de confusas y tristes imaginaciones, donde le dejaremos, yéndonos con Sancho Panza, que no menos confuso y pensativo se apartó de su señor, comenzando a hablar consigo mismo y a decirse:

—«Sepamos ahora, Sancho hermano, adónde va vuestra merced. ¿Va a buscar algún jumento que se le haya perdido?» «No, por cierto. Voy a buscar, como quien no dice nada, a una princesa en la ciudad del Toboso.» «¿Y habéisla visto por ventura?» «Ni yo ni mi amo la hemos visto jamás. ¡El diablo, el diablo me ha metido a mí en esto, que otro no! Ahora bien: todas las cosas tienen remedio, salvo la muerte. Este mi amo es un loco de atar, y yo soy más mentecato que él, si es verdadero el refrán que dice: No con quien naces, sino con quien paces. Siendo, pues, loco, como lo es, no será muy difícil hacerle creer que una labradora, la primera que me topare por aquí, es la señora Dulcinea. Y cuando él no lo crea, juraré yo; y, si él jurare, tornaré yo a jurar. Quizás, viendo el resultado, no me envíe otra vez a semejantes mensajerías.»

Y sucediole todo tan bien, que vio que del Toboso venían tres labradoras sobre tres pollinos. Así como Sancho las vio, volvió a buscar a don Quijote, quien le preguntó si eran buenas las nuevas que traía.

—Tan buenas —respondió Sancho—, que no tiene vuestra merced más que salir al encuentro de la señora Dulcinea del Toboso, que, junto con otras dos doncellas suyas, viene a ver a vuestra merced.

Tendió don Quijote los ojos por todo el camino del Toboso, turbose todo, y dijo:

—Yo no veo, Sancho, sino a tres labradoras sobre tres borricos.

—Calle, señor, y despabile esos ojos —dijo Sancho—. Y venga a hacer reverencia a la señora de sus pensamientos.

Y diciendo esto, se adelantó a recibir a las aldeanas, e hincando ambas rodillas en el suelo ante el jumento de una de las tres labradoras, dijo:

—Reina y princesa y duquesa de la hermosura, recibid a vuestro caballero, don Quijote de la Mancha, que está todo turbado de verse ante vuestra magnífica presencia.

A esta sazón, ya se había puesto don Quijote de hinojos junto a Sancho, y miraba con ojos desencajados a la que Sancho llamaba reina y señora, y no descubría en ella sino a una moza aldeana, y no de muy buen rostro.

—¡Mirad con qué se vienen los señoritos ahora a hacer burla de las aldeanas! —dijo ella—. Sigan su camino, y déjennos hacer el nuestro.

—Levántate, Sancho —dijo a este punto don Quijote—, que ya veo que la Fortuna ha puesto cataratas en mis ojos, transformando la hermosura en el rostro de una labradora pobre, con un olor a ajos crudos que encalabrina y atosiga el alma.

Apartose Sancho, y dejola ir, contentísimo de haber salido bien de su enredo.

Capítulo 2
Que sigue al 1, y en el que se narran los encuentros con la carreta de la Muerte y con el bravo Caballero de los Espejos

Muy pensativo iba don Quijote camino adelante, considerando la mala burla que le habían hecho los encantadores volviendo a su señora Dulcinea en la mala figura de la aldeana, cuando Sancho Panza lo sacó de su embelesamiento diciéndole:

—Señor, las tristezas no se hicieron para las bestias, sino para los hombres, pero, si los hombres las sienten demasiado, se vuelven bestias: vuestra merced se reporte y muestre aquella gallardía que conviene que tengan los caballeros andantes.

Responder quería don Quijote, pero estorbóselo la aparición de una carreta, cargada con los más extraños personajes que pudieran imaginarse. El que guiaba las mulas era un feo demonio. La primera figura que se ofreció a los ojos de don Quijote fue la de la misma Muerte, con rostro humano. Junto a ella venía un ángel; a un lado estaba un emperador con una corona en la cabeza; a los pies el dios que llaman Cupido, sin venda en los ojos. Venía también un caballero armado de punta en blanco, y otras personas de diferentes trajes y rostros. Todo lo cual visto, se alegró don Quijote, creyendo que se le ofrecía alguna peligrosa aventura y, poniéndose delante de la carreta, con voz amenazadora, dijo:

—Carretero, cochero, diablo o lo que seas, no tardes en decirme quién eres y quién es la gente que llevas en tu carricoche.

—Señor —respondió mansamente el Diablo—, somos recitantes de la compañía de Angulo el Malo. Hemos representado esta mañana el auto *Las Cortes de la Muerte,* y hémosle de hacer esta tarde en un pueblo cercano. Y para excusar el trabajo de volvernos a vestir, vamos con los mismos vestidos con que representamos.

—Por la fe de caballero andante —respondió don Quijote—, que imaginé que alguna grande aventura se me ofrecía. Y ahora digo que es menester tocar las apariencias con la mano para dar lugar al desengaño.

Llegó entonces uno de la compañía que venía vestido de mamarracho, el cual empezó a dar grandes saltos, sonando sus cascabales. Y esta mala visión alborotó a Rocinante, que dio a correr por el campo con más ligereza de la que jamás prometieron sus huesos. Acudió Sancho a ayudar a don Quijote, pero, cuando a él llegó, ya estaba en tierra, y junto a él Rocinante, que, con su amo, vino al suelo: ordinario paradero de las lozanías y atrevimientos de Rocinante.

—Sígueme, Sancho —dijo lleno de ira don Quijote—, que será bien castigar el descomedimiento de aquel demonio.

—Tome mi consejo —replicó Sancho—, que es que nunca se enfrente con comediantes. Sepa vuestra merced que, como son gentes alegres y de placer, todos los amparan, ayudan y estiman. También se ha de considerar que es más temeridad que valentía acometer un hombre solo a un ejército donde está la Muerte, y en el que pelean en persona emperadores y ángeles buenos y malos. Y, si esta consideración no le mueve a estarse quieto, considere que entre los de la carreta no hay ningún caballero andante.

—Entonces —dijo don Quijote—, a ti, Sancho, toca tomar venganza. Yo desde aquí te ayudaré con voces y advertimientos saludables.

—No hay para qué, señor —respondió Sancho—, tomar venganza de nadie, pues no es de buenos cristianos tomarla de los agravios.

—Pues ésa es tu determinación —replicó don Quijote—, Sancho bueno, Sancho discreto, Sancho cristiano y Sancho sincero, dejemos estos fantasmas y volvamos a buscar mejores aventuras.

La noche que siguió al día del encuentro con la Muerte, la pasaron don Quijote y su escudero debajo de unos altos y sombrosos árboles. Sancho se quedó dormido al pie de un alcornoque, y don Quijote dormitando al lado de una robusta encina, cuando le despertó algo a sus espaldas y, levantándose con sobresalto, vio que eran dos hombres a caballo y que uno, al dejarse derribar de la silla, hizo ruido de armas, manifiesta señal de que debía de ser caballero andante. Y llegándose don Quijote a Sancho, que dormía, con voz baja le dijo:

—Hermano Sancho, aventura tenemos.

Habiendo entreoído el Caballero del Bosque que hablaban cerca de él, dijo con voz sonora y comedida:

—¿Quién va? ¿Qué gente? ¿Es por ventura del número de los contentos o del de los afligidos?

—De los afligidos —respondió don Quijote—. Caballero soy, y por desventura enamorado. Aunque los daños que nacen de los buenos pensamientos antes se deben tener por gracias que por desdichas.

El escudero del Caballero del Bosque asió por el brazo a Sancho, mientras le decía:

—Vámonos los dos donde podamos hablar escuderilmente, y dejemos a nuestros señores amos contándose las historias de sus amores. Tonto es el vuestro, pero valiente, y más bellaco que tonto y que valiente.

—No tiene nada de bellaco —respondió Sancho—. No sabe hacer mal a nadie, ni tiene malicia ninguna: un niño le hará creer que es de noche en la mitad del día, y por esta sencillez le quiero como a las telas de mi corazón, y no me animo a dejarle, por más disparates que haga.

Entre tanto, dice la historia que el Caballero del Bosque dijo a don Quijote:

—Quiero que sepáis que me llaman el Caballero de los Espejos, y que soy el más valiente y el más enamorado caballero del orbe. Mi destino me trajo a enamorarme de la sin par Casildea de Vandalia, quien me ha mandado que haga confesar a todos los caballeros andantes que ella sola es la más aventajada en hermosura de cuantas hoy viven. Y de lo que más me precio es de haber vencido en singular batalla al famoso don Quijote de la Mancha, y haberle hecho confesar que es más hermosa mi Casildea que su Dulcinea.

Reportose don Quijote lo mejor que pudo, y así, sosegadamente, le dijo:

—Que vuestra merced haya vencido a don Quijote de la Mancha, lo pongo en duda. Podría ser que fuese otro que se le pareciese, aunque hay pocos que se le parezcan.

—¿Cómo no? —replicó el caballero—. Por el cielo que nos cubre que peleé con don Quijote, y le vencí y rendí. Es un hombre alto de cuerpo, seco de rostro, estirado de miembros, entrecano, la nariz aguileña, de bigotes grandes, negros y caídos. Si todas estas señas no bastan para acreditar mi verdad, aquí está mi espada. Mas porque no está bien que los caballeros se batan a oscuras, como los rufianes, esperemos al día, para que el sol vea nuestras obras. Y ha de ser condición de nuestra batalla que el vencido ha de quedar a la voluntad del vencedor, para que haga de él todo lo que quisiere, con tal que sea decente.

Y, en diciendo esto, fueron donde estaban sus escuderos, y les mandaron que tuvieran a punto los caballos, porque en saliendo el sol habían de hacer los dos una sangrienta y singular batalla. A cuyas nuevas quedó Sancho atónito y pasmado, temeroso de la salud de su amo.

En esto, ya comenzaban a gorjear en los árboles mil suertes de pintados pajarillos. Reíanse las fuentes, murmuraban los arroyos, alegrábanse las selvas y los prados con la venida de la fresca aurora, cuando la primera cosa que se ofreció a los ojos de Sancho Panza fue la nariz del escudero del Bosque, que era de demasiada grandeza, corva y toda llena de verrugas, de color amoratado, como de berenjena, y le bajaba dos dedos abajo de la boca. En viéndola, Sancho comenzó a temblar, y se propuso dejarse dar doscientas bofetadas antes que despertar la cólera de aquel ser monstruoso.

Finalmente los dos caballeros subieron a caballo, y don Quijote volvió las riendas a Rocinante para volver a encontrar a su contrario. Sancho le suplicó entonces que le ayudase a subir a un alcornoque para ver, mejor que desde el suelo, el gallardo encuentro.

—Antes creo, Sancho —dijo don Quijote—, que te quieres subir en andamio por ver sin peligro los toros.

—La verdad —respondió Sancho— es que las desaforadas narices de aquel escudero me tienen lleno de espanto, y no me atrevo a estar junto a él.

—Son tales —dijo don Quijote—, que, a no ser yo quien soy, también me asombraran. Y así, ven, que te ayudaré a subir donde dices.

Tomó entonces el Caballero del Bosque el campo que le pareció necesario, creyendo que lo mismo habría hecho ya don Quijote, volvió las riendas a su caballo —que no era más ligero ni de mejor parecer que Rocinante—, y a todo correr, que era un mediano trote, iba a encontrar a su enemigo, cuando, viéndolo ocupado en la subida de Sancho, detuvo las riendas. Don Quijote, que le pareció que ya su enemigo venía volando, arrimó reciamente espuelas a las escuálidas ijadas de Rocinante, y cuenta la historia que esta sola vez se le conoció haber corrido algo. En esta coyuntura, halló don Quijote a su contrario embarazado con su caballo y ocupado con su lanza, que no acertó a ponerla en ristre. Y le golpeó con tal fuerza, que mal de su grado le hizo venir al suelo.

Apeose de Rocinante y fue sobre el caído, quitándole el yelmo para ver si era muerto... Y vio... ¿quién podría decir lo que vio, sin causar maravilla y espanto a los que lo oyeran? Vio, dice la historia, el mismo rostro, la misma figura, la misma efigie, la perspectiva misma del bachiller Sansón Carrasco. Y así como lo vio, en altas voces dijo:

—¡Acude, Sancho, y advierte lo que puede la magia, lo que pueden los hechiceros y encantadores!

Llegó en esto el escudero del de los Espejos, ya sin sus narices, y a grandes voces dijo:

—Mire vuestra merced lo que hace, señor don Quijote, que ese que tiene a los pies es el bachiller Sansón Carrasco, su amigo.

Y, viéndole Sancho sin aquella fealdad primera, le dijo:

—¿Y las narices?

A lo que él, echando mano a la faldriquera, sacó unas narices de pasta y barniz, y dijo:

—Aquí las tengo.

—¡Santa María! ¿No es éste mi vecino Tomé Cecial?

—Tomé Cecial soy, amigo Sancho Panza. Y ahora pedid y suplicad a vuestro amo que no hiera al bachiller Sansón Carrasco, nuestro compatriota.

En esto, volvió en sí el de los Espejos. Lo cual visto por don Quijote, le puso la punta de la espada desnuda encima del rostro y le dijo:

—Muerto sois, caballero, si no confesáis que Dulcinea del Toboso aventaja en belleza a vuestra dama y que aquel caballero que vencisteis no pudo ser don Quijote de la Mancha, sino otro que se le parecía.

—Todo lo confieso, juzgo y siento como vos lo creéis, juzgáis y sentís —respondió el derrengado caballero.

Don Quijote y Sancho volvieron entonces a proseguir su camino hacia Zaragoza. E iba don Quijote en extremo contento, ufano y vanaglorioso de su victoria.

Quedó mohíno el bachiller, quien, de acuerdo con el cura y el barbero, había decidido dejar salir a don Quijote y trabar batalla con él. Y que, vencido, lo que tenía por cosa fácil, fuese pacto que se volviese a su casa y no saliese de ella hasta que no le fuese mandada otra cosa.

—Señor Sansón Carrasco —dijo el compadre y vecino Tomé Cecial, que se le había ofrecido para el papel de escudero—; don Quijote loco, nosotros cuerdos;

él se va sano y riendo, vuestra merced queda molido y triste. Sepamos, pues, ahora: ¿cuál es el más loco?

—El lo es por fuerza y lo será por siempre —respondió Sansón—. Pero yo no he de volver a mi casa hasta haber molido a palos a don Quijote. Y no me llevará ahora a buscarle el deseo de que cobre el juicio, sino el de la venganza.

Capítulo 3
De lo que sucedió a don Quijote con un discreto caballero de la Mancha y de la felizmente acabada aventura de los leones

Con la alegría y contento que se ha dicho, seguía don Quijote su jornada, y daba por acabadas y a feliz fin conducidas cuantas aventuras pudieran sucederle de allí en adelante. En esto los alcanzó un hombre que detrás de ellos por el mismo camino venía sobre una hermosa yegua, vestido con un gabán de fino paño verde.

—Señor —le dijo don Quijote—, si es que vuestra merced lleva el camino que nosotros y no importa el darse prisa, merced recibiría en que fuésemos juntos.

—En verdad —respondió el de la yegua— que no pasara yo de largo si no fuera por temor a que con la compañía de mi yegua se alborotara ese caballo.

—Nuestro caballo —respondió Sancho— es el más honesto del mundo. Jamás ha hecho vileza alguna, y una vez que se desmandó la pagamos mi señor y yo por septuplicado.

Detuvo la rienda el caminante, admirándose de la apostura y rostro de don Quijote. Notó bien don Quijote la atención con que el caminante le miraba, y antes de que le preguntase nada le dijo:

—Digo que yo soy don Quijote de la Mancha, por otro nombre llamado el Caballero de la Triste Figura. Treinta mil volúmenes se han impreso de mi historia, y lleva camino de imprimirse treinta mil veces mil, si el cielo no lo remedia. Así que, señor gentilhombre, ni este caballo, ni esta lanza, ni este escudo ni escudero, ni la amarillez de mi rostro, ni mi atenuada flaqueza, os podrán admirar de aquí en adelante.

Después don Quijote le rogó le dijese quién era, a lo que respondió el del Verde Gabán:

—Yo, señor Caballero de la Triste Figura, soy más que medianamente rico y es mi nombre don Diego de Miranda. Paso la vida con mi mujer, y con mis hijos y con mis amigos. Tengo hasta seis docenas de libros, de honesto entretenimiento, de los que deleitan con el lenguaje y admiran con la invención, que de éstos hay muy pocos en España. Son mis convites limpios y nada escasos. No gusto de murmurar, ni consiento que delante de mí se murmure, no escudriño las vidas ajenas, reparto mis bienes sin hacer alarde de las buenas obras y confío siempre en la misericordia infinita de Nuestro Señor.

Atentísimo estuvo Sancho a la relación de la vida del hidalgo y, pareciéndole santa, se arrojó del rucio, le fue a asir del estribo derecho y, con devoto corazón y casi lágrimas, le besó los pies una y muchas veces.

—¿Qué hacéis, hermano? ¿Qué besos son éstos?

—Déjeme besar —respondió Sancho—, porque me parece vuestra merced el primer santo a la jineta que he visto en todos los días de mi vida.

—No soy santo —respondió el hidalgo—. Vos sí que debéis de ser bueno, como vuestra simplicidad lo demuestra.

Preguntole don Quijote cuántos hijos tenía, y respondió el hidalgo:

—Uno tengo, que, a no tenerle, quizá me juzgara por más dichoso. Ocho años ha estado en Salamanca estudiando las lenguas latina y griega, y ahora no es posible hacerle estudiar leyes, que es lo que yo quisiera que estudiara. Todo el día se lo pasa en averiguar si se han de entender de una manera u otra tales y tales versos de Virgilio.

—Los hijos, señor —respondió don Quijote—, son pedazos de las entrañas de sus padres, y así, se han de querer, por buenos o malos que sean. Pero entiendo que vuestro hijo no estima mucho la poesía en romance, en lo que no anda muy acertado. Y la razón es ésta: el grande Homero no escribió en latín, porque era griego, ni Virgilio en griego, porque era latino. Todos los poetas antiguos escribieron en la lengua que mamaron en su leche. Y, siendo esto así, buena razón sería que se extendiese esta costumbre por todas las naciones, y que no se desestimase al poeta castellano porque escribe en su lengua, ni aun al vizcaíno, que escribe en la suya.

Admirado quedó el del Verde Gabán del razonamiento de don Quijote, hasta el punto de que fue perdiendo la opinión que de él tenía, de ser mentecato.

Cuenta la historia que, a mitad de esta plática, Sancho se había desviado del camino para pedir un poco de leche a unos pastores, cuando don Quijote, alzando la cabeza, vio que por el camino venía un carro lleno de banderas reales. Y creyendo que debía de ser alguna aventura, a grandes voces llamó a Sancho para que viniese a darle el yelmo. Sancho, acosado de la mucha prisa, no supo qué hacer de los requesones que había comprado y los echó en el yelmo de su señor. Tomolo don Quijote y se lo encajó en la cabeza. Y, como los requesones se exprimieron, comenzó a correr el suero por todo el rostro y barbas.

—¿Qué será esto, Sancho, que parece que se me ablandan los cascos, o se me derriten los sesos? Por vida de, que parecen requesones.

A lo que con gran flema y disimulación respondió Sancho:

—Si son requesones, démelos vuestra merced, que yo me los comeré... Pero cómalos el diablo, que debió ser él, no yo, el que ahí los puso.

Llegó en esto el carro de las banderas, y don Quijote púsose delante, preguntando al carretero quién era y adónde iba.

—El carro es mío —respondió el carretero—. En él van dos leones que el general de Orán envía a la corte. Ahora van hambrientos porque no han comido hoy, y, así, es mejor que vuestra merced se desvíe.

A lo que dijo don Quijote sonriéndose un poco:

—¿Leoncitos a mí? ¿A mí leoncitos y a tales horas? Apeaos, buen hombre, y abrid esas jaulas, que les daré a conocer quién es don Quijote de la Mancha.

El carretero, que vio la determinación de aquel fantasma armado, le dijo:

—Por caridad, dejadme desuncir las mulas y ponerme a salvo con ellas antes de que se desenvainen los leones, que no tengo otra hacienda sino este carro y estas mulas.

Sancho, con lágrimas en los ojos, dijo:

—Mire, señor, que aquí no hay encantamiento ni cosa que lo valga, que yo he visto por entre las verjas un león mayor que una montaña.

Pero don Quijote volvió a dar prisa al leonero y saltó del caballo, temiendo que Rocinante se espantaría a la vista de los leones. Abrió el leonero de par en par la primera jaula donde estaba el león, el cual lo primero que hizo fue revolverse y desperezarse. Abrió luego la boca y bostezó muy despacio con dos palmos de lengua fuera. Hecho esto, sacó la cabeza fuera de la jaula y miró a todas partes con ojos como brasas. Sólo don Quijote lo miraba atentamente, deseando que saltase ya del carro. Pero el generoso león, más comedido que arrogante, no haciendo caso de niñerías ni de bravatas, volvió las espaldas y enseñó sus traseras partes a don Quijote, y, con gran flema y remanso, se volvió a echar en la jaula.

—¿Qué te parece, Sancho? —dijo Don Quijote—. ¿Hay encantos que valgan contra la verdadera valentía?

Luego dio unos escudos al leonero, quien prometió contarle aquella valerosa hazaña al mismo rey, cuando en la corte le viese.

—Pues si acaso Su Majestad preguntare quién la hizo, le diréis que el Caballero de los Leones, que de aquí en adelante quiero que en éste se trueque el nombre que hasta aquí he tenido de el Caballero de la Triste Figura.

En todo este tiempo no había hablado palabra don Diego de Miranda, atento a mirar y a notar los hechos y palabras de don Quijote, pareciéndole que era un cuerdo loco y un loco que tiraba a cuerdo.

—En esto de acometer aventuras —le dijo don Quijote—, créame vuestra merced, señor don Diego, que antes se ha de perder por carta de más que de menos, porque mejor suena «el tal caballero es temerario y atrevido» que no «el tal caballero es tímido y cobarde».

Y, picando espuelas, serían como las dos de la tarde cuando llegaron a la aldea y a la casa de don Diego, a quien don Quijote llamaba el Caballero del Verde Gabán. Cuatro días estuvo don Quijote regaladísimo en casa de don Diego, al cabo de los cuales pidió licencia para irse a cumplir con su oficio y buscar aventuras.

Capítulo 4
Donde se cuentan las bodas de Camacho y otros gustosos sucesos

Apenas llegada la blanca aurora, llamó don Quijote a su escudero, que todavía roncaba. Lo cual, visto por don Quijote, le dijo:

—Ni la ambición te inquieta, ni la pompa vana del mundo te fatiga, pues los límites de tus deseos no se extienden a más que a dar pienso a tu jumento. Duerme el criado, y está velando el señor, pensando cómo le ha de sustentar, mejorar y hacer mercedes.

A todo esto no respondió Sancho, porque dormía. Despertó por fin y, volviendo el rostro a todas partes, dijo:

—De la parte de esta enramada, si no me engaño, sale un tufo más de asados que de juncos y tomillo bodas que por tales olores comienzan deben de ser abundantes y generosas.

—Acaba, glotón —dijo don Quijote—. Ven, iremos a ver esos desposorios.

Se acercaron, y lo primero que se ofreció a la vista de Sancho fue, ensartado en un asador, un entero novillo. Había seis ollas alrededor de una hoguera, que daba cabida cada una a un matadero de carne. Las liebres y gallinas colgadas por los árboles para sepultarlas en las ollas no tenían número. Los cocineros y cocineras pasaban de cincuenta, todos limpios, todos diligentes, todos contentos.

—Hermano —le dijo uno de ellos a Sancho—, sobre este día no tiene jurisdicción el hambre. Apeaos, mirad si hay ahí un cucharón, espumad de la olla una gallina o dos, y buen provecho os haga.

Entre tanto, estaba don Quijote mirando cómo llegaban los labradores sobre yeguas con vistosos jaeces de campo, todos vestidos de fiesta, y gritaban:

—¡Vivan Camacho y Quiteria, él tan rico como ella hermosa, y ella la más hermosa del mundo!

—Bien parece —dijo don Quijote para sí— que éstos no han visto a mi Dulcinea del Toboso.

Luego comenzaron a entrar por diversas partes muchas y diferentes danzas de mozas, con guirnaldas compuestas de jazmines, rosas, amaranto y madreselva. Entonces se oyeron grandes voces, y las causaban los que salían a recibir a los novios, que venían acompañados del cura y de la parentela, todos vestidos de fiesta. Y como Sancho vio a la novia, dijo:

—A fe que no viene vestida de labradora, sino de palaciega.

Venía la hermosa Quiteria algo descolorida, y debía de ser de la mala noche que siempre pasan las novias en componerse para la boda. En esto se oyó una gran voz a sus espaldas, que decía:

—Esperaos un poco, gente tan inconsiderada como presurosa.

Todos volvieron la cabeza y vieron que daba las voces un hombre vestido de negro que traía en las manos un bastón grande. Luego fue conocido de todos como el gallardo Basilio, y quedaron suspensos temiendo algún mal suceso, pues sabían que estaba enamorado de la novia.

—Bien sabes, ingrata Quiteria —dijo Basilio con voz temblorosa y ronca—, que, viviendo yo, tú no puedes tomar esposo. ¡Muera pues el pobre Basilio, cuya pobreza cortó las alas de su dicha y le puso en la sepultura!

Y, diciendo esto, desenvainó medio estoque del bastón y se arrojó sobre él, mostrando la punta sangrienta a las espaldas. Acudieron sus amigos a socorrerle, y quisiéronle sacar el estoque, pero el cura fue del parecer que no se lo sacasen antes de confesarle, porque el sacárselo y el expirar sería todo a un tiempo. Pero, volviendo un poco en sí Basilio, con voz doliente y desmayada dijo:

—Si quisieses, cruel Quiteria, darme en este último trance la mano de esposa, aún pensaría que mi temeridad tendría disculpa.

Todo lo oía Camacho sin saber qué hacer ni qué decir. Pero las voces de los amigos de Basilio fueron tantas, pidiéndole su consentimiento para que no se perdiese el alma de Basilio, que le movieron, y aun forzaron, a decir que, si Quiteria quería, él se contentaba, pues todo era dilatar por un momento el cumplimiento de sus deseos.

Quiteria, toda vergonzosa, asiendo la mano de Basilio, le dijo:

—Con la más libre voluntad que tengo te doy la mano de legítima esposa y recibo la tuya.

El cura, tierno y lloroso, les echó la bendición y pidió al cielo diese buen reposo al alma del nuevo desposado. El cual, así como recibió la bendición, con presta ligereza se levantó en pie y se sacó el estoque.

Quedaron todos admirados, y algunos, más simples que sensatos, comenzaron a decir:

—¡Milagro! ¡Milagro!

Pero Basilio replicó:

—¡No «milagro, milagro», sino ingenio, ingenio!

El cura, atónito, acudió a tentar la herida, y halló que la cuchilla había pasado, no por la carne, sino por un canuto, lleno de sangre, acomodado bajo el brazo.

La esposa no dio muestras de pesarle la burla. Antes dijo que confirmaba de nuevo aquel casamiento, de lo que quedaron Camacho y sus amigos tan corridos que, desenvainando muchas espadas, arremetieron a Basilio, en cuyo favor en un instante se desenvainaron casi otras tantas.

Don Quijote, a caballo, con la lanza sobre el brazo y bien cubierto con su escudo, a grandes voces decía:

—Teneos, señores, teneos, que no es razón toméis venganza de los agravios que el amor nos hace. Y advertid que en las contiendas amorosas se tienen por buenos los embustes y marañas que se hacen para conseguir el fin que se desea, como no sean en menoscabo y deshonra de la cosa amada. A los dos que Dios junta no podrá separarlos el hombre. Y el que lo intentare, primero ha de pasar por la punta de esta lanza.

Y la blandió tan fuerte, que puso pavor en todos los que no le conocían.

El cura, que era varón prudente y bien intencionado, sosegó a Camacho, quien se hizo la reflexión que si Quiteria quería a Basilio doncella, también le quisiera casada, y que debía de dar gracias al cielo más por habérsela quitado que por habérsela dado. Y, por mostrar que no sentía la burla, quiso que las fiestas pasasen adelante como si realmente se desposara. Pero no quisieron asistir a ella Basilio ni su esposa ni sus amigos. Y, así, se fueron a la aldea de Basilio, llevándose consigo a don Quijote, estimándole por hombre de valor y de pelo en pecho.

—Mirad, discreto Basilio —le dijo don Quijote—, fue opinión de no sé qué sabio que no había en todo el mundo sino una sola mujer buena, y daba por consejo que cada uno pensase y creyese que aquella sola buena era la suya, y así viviría contento.

—Este mi amo —murmuró Sancho—, cuando comienza a dar consejos, no sólo puede tomar púlpito en las manos, sino dos en cada dedo.

Finalmente, tres días estuvieron amo y escudero con los novios, pidiendo don Quijote le diesen un guía que le encaminase a la cueva de Montesinos, porque quería ver si eran verdaderas las maravillas que de ella se decían por todos aquellos contornos.

Al otro día, a las dos de la tarde, llegaron a la cueva, cuya boca era espaciosa y ancha, pero llena de zarzas y malezas, tan espesas e intrincadas, que del todo la encerraban y cubrían. En viéndola se apearon, y el guía y Sancho ataron luego fortísimamente a don Quijote con una soga. Don Quijote se hincó de rodillas e hizo una oración en voz baja, pidiendo a Dios le ayudase en aquella, al parecer, peligrosa y nueva aventura. Luego se encomendó en voz alta a su señora Dulcinea y se acercó a la sima. Vio no ser posible descolgarse, sino a fuerza de cuchilladas, y así, poniendo mano a la espada, comenzó a cortar aquellas malezas, por cuyo ruido salieron una infinidad de grandísimos cuervos, tan espesos y con tanta prisa, que dieron con don Quijote en el suelo. Y, si él fuera tan agorero como católico cristiano, lo tuviera a mala señal.

Finalmente, dándole soga el guía y Sancho, se dejó bajar al fondo de la caverna espantosa. Y al entrar, echándole su bendición y haciendo sobre él mil cruces, dijo Sancho:

—¡Allá vas, valentón del mundo, flor, nata y espuma de los caballeros andantes! Dios te guíe y te vuelva libre y sano a la luz de esta vida, que dejas, por enterrarte en la oscuridad que buscas.

Iba don Quijote dando voces que le diesen soga, y más soga, y ellos se la daban poco a poco. Y, cuando las voces dejaron de oírse, ellos ya tenían descolgadas las cien brazas de soga, y fueron del parecer de volver a subir a don Quijote. Con todo esto, se detuvieron como media hora, al cabo de la cual volvieron a recoger soga sin peso alguno, señal que les hizo imaginar que don Quijote se quedaba dentro y, creyéndolo así Sancho, lloraba amargamente. Pero, llegando a poco más de las ochenta brazas, sintieron peso, de lo que en extremo se alegraron. Finalmente, a las diez brazas distinguieron a don Quijote, a quien Sancho dio grandes voces.

Pero no respondía palabra don Quijote, y, sacándole del todo, vieron que traía cerrados los ojos, con muestras de estar dormido. Tendiéronle en el suelo y desliáronle, y tanto le sacudieron y menearon, que al cabo de un buen espacio volvió en sí. Y mirando a una y otra parte, como espantado, dijo:

—Dios os perdone, amigos, que me habéis quitado de la más agradable vida que ningún humano ha visto ni pasado. Ahora acabo de conocer que todos los contentos de esta vida pasan como sombra o sueño, o se marchitan como la flor del campo. Estadme, hijos, todos atentos. Ya iba cansado de verme pendiente de la soga, cuando llegué a una cavidad en la que cabía un carro de mulas. Di voces que no descolgaseis más soga, pero no debisteis de oírme. De repente me asaltó un sueño profundísimo, y, cuando menos lo pensaba, desperté de él, y me hallé en mitad del más bello y deleitoso prado que pueda imaginar. Vi que no dormía, sino que realmente estaba despierto. Ofrecióseme luego a la vista un suntuoso palacio o alcázar, cuyos muros y paredes parecían de cristal. Del cual, abriéndose dos grandes puertas, vi que por ellas salía un venerable anciano. Llegose a mí y lo primero que hizo fue abrazarme y luego decirme: «Ven conmigo, valeroso caballero don Quijote de la Mancha, que te quiero mostrar las maravillas de este transparente alcázar, del cual soy alcaide, porque soy el mismo Montesinos, de quien la cueva toma nombre». Apenas me dijo que era Montesinos, cuando le pregunté si fue verdad lo que en los romances se contaba, que él había sacado en Roncesvalles el corazón de su grande amigo Durandarte y lo había llevado a la señora Belerma, como él se lo mandó al punto de su muerte. Respondiome que en todo decían verdad, pero que, en llegando a Francia, Merlín, aquel famoso encantador que dicen que fue hijo del diablo, encantó y condujo a aquella cueva el cuerpo de Durandarte, a la señora Belerma, a su escudero Guadiana, a la dueña Ruidera y a sus siete hijas, a las cuales, por compasión de sus llantos, Merlín convirtió en otras tantas lagunas. Guadiana, el escudero, fue convertido en río, el cual, cuando llegó a la superficie de la tierra, fue tanto el pesar que sintió de ver que dejaba a su señor, que se sumergió en las entrañas de la tierra, pero, como no es posible impedir su natural corriente, de cuando en cuando sale y se muestra donde el sol y las gentes le vean.

A esta sazón dijo el guía:

—Yo no sé, señor don Quijote, cómo en tan poco espacio de tiempo ha visto tantas cosas.

—¿Cuánto ha que bajé? —preguntó don Quijote.

—Poco más de una hora —respondió Sancho.

—Eso no puede ser —replicó don Quijote—, porque, según mi cuenta, tres días he estado en aquellas partes escondidas a la vista nuestra.

—En aciago día —dijo Sancho— bajó vuestra merced al otro mundo. Bien se estaba vuestra merced acá arriba con su entero juicio, hablando sentencias y dando consejos a cada paso, y no ahora, contando los mayores disparates que pueden imaginarse.

—Como te conozco, Sancho —respondió don Quijote—, no hago caso de tus palabras.

—Ni yo tampoco de las de vuestra merced —replicó Sancho—, aunque me mate por las que le he dicho.

Capítulo 5
Donde se cuenta la aventura del titiritero, con otras cosas que dice Benengeli, que las sabrá quien las leyere

Dice el que tradujo esta grande historia original que, llegando al capítulo de la aventura de la cueva de Montesinos, en el margen de él estaban escritas por el mismo Hamete estas razones:

«Pensar yo que don Quijote mintiese, siendo el más verdadero hidalgo de sus tiempos, no es posible. Por otra parte, considero que él contó su aventura con todas las circunstancias dichas, y que no pudo fabricar en tan breve espacio tan gran máquina de disparates. Y si esta aventura parece falsa, yo no tengo la culpa. Y así, sin afirmarla por falsa o verdadera, la escribo.»

Y luego prosigue diciendo:

A tiempo que anochecía, llegaron a una venta, y no sin gusto de Sancho, por ver que su señor la juzgó verdadera venta, y no castillo, como solía. También entró por la puerta de la venta un titiritero, que traía cubierto el ojo izquierdo, y con voz levantada dijo:

—Señor ventero, ¿hay posada? Que viene aquí el retablo de la libertad de Melisendra.

—¡Cuerpo de tal —dijo el ventero—, aquí está el señor maese Pedro! Buena noche se nos prepara.

Preguntó don Quijote al ventero qué maese Pedro era aquél y qué retablo traía. A lo que respondió el ventero:

—Este es un famoso titiritero, que hace muchos días que anda por esta Mancha de Aragón enseñando un retablo de Melisendra, libertada por el famoso don Gaiferos, que es una de las mejores y más bien representadas historias que en este reino se han visto.

Llegó luego maese Pedro a decir que ya estaba en orden el retablo, y que sus mercedes viniesen a verlo, porque lo merecía. Obedeciéronle don Quijote y Sancho, y vinieron donde ya estaba el retablo descubierto, lleno por todas partes de candelillas encendidas, que lo hacían vistoso y resplandeciente. Maese Pedro se metió dentro de él, pues era el que había de manejar las figuras el artificio, y fuera se puso un muchacho, criado del maese Pedro, para servir de intérprete y declarador de los misterios del retablo. Tenía una varilla en la mano, con que señalaba las figuras que salían, y, alzando la voz, dijo:

—Esta verdadera historia que aquí se representa es sacada al pie de la letra de las crónicas francesas y de los romances españoles que andan en boca de las gentes. Trata de la libertad que dio don Gaiferos a su esposa Melisendra, que estaba cautiva de los moros en la ciudad de Sansueña, que así se llamaba entonces la que hoy se llama Zaragoza... Vuelvan los ojos vuestras mercedes a aquella torre, que se presupone que es la Aljafería de Zaragoza. Y aquella dama que en el balcón aparece, vestida a lo moro, es la sin par Melisendra, que allí se pone a mirar el camino de Francia... ¿No ven ahora aquel moro que callandico se llega por las espaldas de Melisendra? Pues miren cómo le da un beso en mitad de los labios, y la prisa que ella se da en escupir, y cómo se lamenta. Miren también al rey Marsilio de Sansueña, el cual, por haber visto la insolencia del moro, manda que le den doscientos azotes. Y aquí veis donde salen a ejecutar la sentencia, porque entre moros no hay trámites de justicia, como entre nosotros.

—Niño, niño —dijo con voz alta don Quijote—, seguid vuestra historia en línea recta, y no os metáis en las divagaciones, que para sacar una verdad en limpio menester son pruebas y repruebas.

—Muchacho —dijo maese Pedro desde dentro—, haz lo que este señor te mande. Sigue tu canto llano y no te metas en contrapuntos.

—Yo así lo haré —respondió el muchacho, y prosiguió diciendo—: Esta figura que aquí aparece a caballo es la misma de don Gaiferos, y su esposa, desde los miradores de la torre, habla con él creyendo que es algún pasajero. Basta ahora ver cómo don Gaiferos se descubre, y que por los alegres ademanes de Melisendra se nos da a entender que le ha reconocido... Y ved cómo llega don Gaiferos y de un brinco la pone sobre las ancas de su caballo, a horcajadas como hombre, y cómo vuelven las espaldas, y alegres y regocijados toman de París la vía. ¡Vais en paz, oh verdaderos amantes! ¡Lleguéis sanos y salvos a vuestra deseada patria!

—Llaneza, muchacho —alzó otra vez la voz maese Pedro—; que toda afectación es mala.

No respondió nada el intérprete, antes prosiguió:

—Miren ahora con qué prisa dieron la noticia al rey Marsilio, y cuánta y cuán lucida caballería sale de la ciudad en seguimiento de los dos católicos amantes, cuántas trompetas que suenan, cuántos tambores que retumban. Témome que los han de alcanzar, y los han de volver atados a la cola de su mismo caballo, que sería un horrendo espectáculo.

—No lo consentiré yo —dijo en voz alta don Quijote, levantándose en pie—. ¡Deteneos, mal nacida canalla! ¡No les sigáis ni persigáis, o contra mí entraréis en batalla!

Diciendo y haciendo, desenvainó la espada y, con nunca vista furia, comenzó a llover cuchilladas sobre la titiritera morisca, derribando a unos, descabezando a otros y, entre otros muchos, dio un espadazo tal que, si maese Pedro no se agazapa, le cercena la cabeza con más facilidad que si fuera hecho de mazapán. Daba voces maese Pedro, diciendo:

—¡Deténgase, señor don Quijote, que esos que destroza y mata son figurillas de pasta! ¡Mire que echa a perder toda mi hacienda!

Sosegose entonces don Quijote y dijo:

—Real y verdaderamente os digo, señores, que a mí me pareció que todo lo que aquí ha pasado pasaba al pie de la letra: que Melisendra era Melisendra, don Gaiferos don Gaiferos, y Marsilio Marsilio. Por eso se me alteró la cólera, y quise dar ayuda y favor a los que huían, y con este buen propósito hice lo que habéis visto. Si me ha salido al revés no es culpa mía, sino de los malos encantadores que me persiguen y me truecan las figuras en lo que ellos quieren. Y, aunque mi error no ha procedido de malicia, quiero yo mismo condenarme en costas: vea maese Pedro que me ofrezco a pagarle las figurillas deshechas en buena y corriente moneda castellana.

Por sus pasos contados y por contar, dos días después llegaron don Quijote y Sancho al río Ebro. Y sucedió que, al ponerse el sol, tendió don Quijote la vista por un verde prado y vio gente, y, llegándose cerca, conoció que eran cazadores de altanería. Entre ellos vio a una gallarda señora que tenía un azor en la mano izquierda, señal que le dio a entender ser aquélla una gran señora. Y, así, dijo a Sancho:

—Corre, hijo Sancho, y di a aquella señora que yo, el Caballero de los Leones, besa las manos a su gran fermosura. Y mira cómo hablas, y cuida de no encajar algún refrán de los tuyos en tu embajada.

—¡A mí con eso! —respondió Sancho—. ¡No es ésta la vez primera que he llevado embajadas a altas y crecidas señoras! Pero al buen pagador no le duelen prendas; quiero decir que a mí no hay que decirme ni advertirme de nada.

Partió Sancho de carrera y, puesto de hinojos ante la bella cazadora, le dijo:

—Hermosa señora, aquel caballero, mi amo, llamado el Caballero de los Leones, que no ha mucho que se llamaba de la Triste Figura, envía por mí a decirle a vuestra grandeza sea servida de darle licencia para servir a vuestra encumbrada altanería y fermosura.

—Decidme, buen escudero —preguntó la duquesa, cuyo título aún no se sabe—, ese señor vuestro, ¿no es uno de quien anda impresa una historia que se llama del *Ingenioso Hidalgo don Quijote de la Mancha*?

—El mismo es, señora —respondió Sancho—. Y aquel escudero suyo a quien llaman Sancho Panza, soy yo.

—Pues id, hermano Panza, y decid a vuestro señor que sea bien venido a mis estados, y que ninguna cosa pudiera venir que más contento me diera.

Después se encaminaron todos al castillo de los duques, pero cuenta la historia que, antes que llegasen, se adelantó el duque y dio orden a todos sus criados del modo en que habían de tratar a don Quijote.

Y así, al entrar en el gran patio del castillo, en un instante se llenaron todos sus corredores de criados y criadas, que decían a grandes voces:

—¡Bienvenido sea, bienvenido sea la flor y nata de los caballeros andantes!

Y aquel fue el primer día en que don Quijote creyó ser caballero andante verdadero, y no fantástico, viéndose tratar del mismo modo que él había leído se trataba a los tales caballeros en los pasados siglos.

Capítulo 6
De sucesos que atañen a esta memorable historia y de cómo Sancho Panza tomó posesión de su ínsula

Al siguiente día salieron todos de caza, y al anochecer pareció que todo el bosque por sus cuatro partes se ardía, y luego se oyeron por aquí y por allí, y por acá y por acullá, infinitas cornetas y otros instrumentos de guerra. Admirose don Quijote, tembló Sancho Panza y, finalmente, hasta los mismos sabedores del engaño se espantaron. Entonces les pasó por delante un postillón en traje de demonio, que con voz horrísona les dijo:

—Yo soy el Diablo. Voy a buscar a don Quijote de la Mancha. La gente que por aquí viene son seis tropas de encantadores; vienen a dar orden a don Quijote de cómo ha de ser desencantada la señora Dulcinea del Toboso.

Finalmente, apareció un carro de rechinantes ruedas, tirado por cuatro perezosos bueyes, todos cubiertos de negro, y encima del carro venía un asiento alto, sobre el cual iba sentada una figura, cubierta la cabeza con un velo negro. Levantose la figura y, quitándose el velo del rostro, descubrió patentemente ser la mesma muerte, descarnada y fea, de lo que don Quijote recibió pesadumbre, y Sancho miedo. Alzada esta muerte viva, con voz algo dormida, comenzó a decir de esta manera:

—Yo soy Merlín, aquel que las historias dicen que tuvo por padre al diablo. A mí llegó la voz de la sin par Dulcinea del Toboso. Supe su encantamiento y su transformación de gentil dama en aldeana rústica, y condolime. Y a ti te digo, valiente don Quijote, que para recobrar su estado primitivo la sin par Dulcinea del Toboso es menester que tu escudero se dé tres mil trescientos azotes en ambas posaderas descubiertas al aire. Debe recibirlos por su voluntad, y no por fuerza, pero puede dejar que se los dé ajena mano, aunque sea algo pesada.

—Ni ajena, ni propia, ni pesada, ni por pesar —replicó Sancho—. Es el señor mi amo el que debe azotarse por ella, pero ¿azotarme yo?... Renuncio.

—Pues en verdad, amigo Sancho —dijo el duque—, que, si no os ablandáis, no os enviaré, como pensaba, de gobernador a mi ínsula. O vos habéis de ser azotado, u os han de azotar, o no habéis de ser gobernador.

—Ea, buen Sancho —dijo la duquesa—, tened buen ánimo y buen corazón.

—Pues que todos me lo dicen, aunque yo no lo veo —replicó Sancho—, digo que estoy contento de darme los tres mil trescientos azotes, con la condición de que me los tengo que dar como y cuando yo quisiere, sin estar obligado a sacarme sangre con las disciplinas. Yo consiento en mi mala ventura.

Apenas dijo estas últimas palabras Sancho, cuando don Quijote se le colgó del cuello, dándole mil besos en la frente y en las mejillas.

Y satisfechos los duques de la caza, y de haber conseguido su intención tan felizmente, se volvieron a su castillo, con propósito de proseguir sus burlas.

Llegada la noche, detrás de unos tristes músicos comenzaron a entrar por el jardín hasta doce dueñas en dos hileras, cubiertos los rostros con unos velos negros, bajo los que nada se traslucía. Detrás venía una dama a quien todos llamaron la Dolorida, también vestida de luto, quien habló con estas palabras:

—Confiada estoy en que en este gremio, corro y compañía está el acendradísimo caballero don Quijote de la Manchísima y su escuderísimo Panza.

—El Panza —dijo Sancho— aquí está, y el don Quijotísimo también. Y así podréis, dolorosísima dueñísima, decir lo que quisieridísimis, que nosotros estamos aparejadísimos a ser vuestros servidorísimos.

Reventaban de risa con estas cosas los duques, y alababan la agudeza y simulación de la dueña, la cual imploró a don Quijote que las socorriera, porque un mago encantador del reino de Candaya, dos leguas más allá del cabo Comirín, las había castigado cubriendo la blandura de sus rostros con la aspereza de unas cerdas. Y luego la Dolorida y las dueñas alzaron los antifaces y descubrieron los rostros, todos poblados de barbas.

—Yo me pelaría las mías —dijo atónito don Quijote—, si con ello remediase las vuestras.

—Es el caso —respondió la Dolorida— que el mago Malambruno me dijo que nuestro castigo finalizaría cuando algún caballero libertador nuestro montase en aquel mismo caballo volador, compuesto de madera por el sabio Merlín.

—Y ¿cuántos caben en ese caballo? —dijo Sancho.

—Dos personas —respondió la Dolorida—, y tales personas son caballero y escudero.

En esto entraron por el jardín cuatro salvajes, que sobre los hombros traían un gran caballo de madera. Y uno de ellos dijo:

—Suba sobre Clavileño el que tuviere ánimo para ello. Pero, para que la altura del camino no le cause vaguidos, se ha de cubrir los ojos.

—Yo no subo —dijo Sancho—, porque no tengo ánimo ni soy caballero, que el único bien que espero es verme gobernador.

A lo que el duque dijo:

—Sancho amigo, no hay ningún oficio de los importantes sin sacrificio, y el de la ínsula que os he prometido es que vayáis con vuestro señor sobre Clavileño.

—Sea, señor —dijo Sancho—. Yo soy un pobre escudero. Suba pues mi amo, tápenme los ojos y encomiéndenme a Dios.

Así lo hicieron, pero Sancho se volvió a descubrir y, mirando a todos con lágrimas, pidió que le ayudasen en aquel trance con sendos paternostres y avemarías.

—Cúbrete, cúbrete, animal descorazonado —dijo don Quijote—, y no te salga a la boca el temor que tienes, a lo menos en presencia mía.

Cubriéronse, y todos cuantos estaban presentes levantaron las voces, diciendo:

—¡Ya, ya vais por esos aires, rompiéndolos con más velocidad que una saeta!

—¡Tente, valeroso Sancho, que te bamboleas!

—Señor —dijo Sancho apretándose contra su amo y ciñéndole con los brazos—, ¿cómo dicen éstos que vamos tan altos, si parece que están hablando junto a nosotros?

—No repares en eso, Sancho, que, en estas cosas de los vuelos, verás y oirás lo que quisieres. No me aprietes tanto, que me derribas, y aleja, amigo, el miedo, que el viento llevamos de popa.

Y así era, pues unos grandes fuelles les estaban haciendo aire: tan bien trazada estaba la tal aventura por los duques. Luego, con unas estopas encendidas, pendientes de una caña, les calentaban los rostros.

—Que me maten —dijo Sancho—, si no estamos ya en el lugar del fuego, porque gran parte de mi barba se me ha chamuscado.

Por fin, para dar remate a la aventura, prendieron fuego a la cola del Clavileño, y al punto, por estar el caballo lleno de cohetes tronadores, voló por los aires, y dio con don Quijote y Sancho en el suelo, medio chamuscados. Se levantaron maltrechos, y quedaron atónitos de verse en el mismo jardín de donde habían salido, y a la Dolorida y a sus dueñas sin barbas.

Preguntó la duquesa a Sancho cómo le había ido aquel largo viaje, a lo cual Sancho respondió:

—Yo, señora, sentí que íbamos volando por la región del fuego, y quise descubrirme un poco los ojos, que tengo no sé qué briznas de curioso. Así que aparté el pañuelo que me tapaba y miré hacia la tierra, y pareciome que toda ella no era mayor que un grano de mostaza, y los hombres que andaban sobre ella, poco mayores que avellanas.

—Mirad lo que decís —dijo la duquesa—, que si la tierra os pareció un grano de mostaza, y cada hombre como una avellana, un solo hombre habría de cubrir toda la tierra.

—Así es en verdad —respondió Sancho—, pero, con todo eso, la descubrí por un ladito, y la vi toda.

Llegándose entonces don Quijote a Sancho, en voz baja al oído le dijo:

—Sancho, pues vos queréis que os crea lo que habéis visto en el cielo, yo quiero que vos me creáis a mí lo que vi en la cueva de Montesinos. Y no os digo más.

Al día siguiente, dijo el duque a Sancho que se aliñase para ir a ser gobernador, que ya sus insulanos le estaban esperando como el agua de mayo.

—Si buen gobierno me tengo, buenos azotes me cuesta —respondió Sancho—. Ahora bien, venga esa ínsula, y no por codicia, sino por el deseo que tengo de probar a qué sabe el ser gobernador.

En esto llegó don Quijote y, con licencia del duque, se fue con Sancho a su estancia con intención de aconsejarle. Y con reposada voz le dijo:

—Otros cohechan, importunan, solicitan, ruegan y no alcanzan lo que pretenden; y llega otro, y sin saber cómo, se halla con el cargo que otros pretendieron. Todo esto digo, ¡oh, Sancho!, para que no atribuyas a tus merecimientos la merced recibida, sino al cielo que dispone suavemente las cosas. Haz gala, Sancho, de la humildad de tu linaje, no te avergüences de decir que vienes de labradores, y préciate más de ser humilde que soberbio. Procura descubrir la verdad por entre las promesas y dádivas del rico como por entre los sollozos e importunidades del pobre. Cuando debiere establecerse justicia, no cargues todo el rigor de la ley al delincuente; que no es mejor la fama del juez riguroso que la del compasivo. Si estos preceptos y estas reglas sigues, Sancho, tu fama será eterna, tu felicidad indecible, vivirás en paz y bendecido de las gentes, y en los últimos pasos de la vida te alcanzará la muerte en vejez suave y madura.

Dicen que en el propio original de esta historia se lee que llegó luego Sancho con todo su acompañamiento a un lugar de hasta mil vecinos, que era de los mejores que el duque tenía. El traje, la gordura, la pequeñez del nuevo gobernador tenía admirada a toda la gente que no estaba en el secreto del cuento, y aun a todos los que lo sabían, que eran muchos. Finalmente lo llevaron a la silla del juzgado y lo sentaron en ella, y el mayordomo del duque le dijo:

—Es costumbre antigua, señor gobernador, que el que viene a tomar posesión de esta ínsula está obligado a responder las preguntas que se le hicieren.

En este instante entraron en el juzgado dos hombres, uno vestido de labrador y el otro de sastre, y el sastre dijo:

—Este buen hombre llegó a mi tienda ayer, y poniéndome un paño entre las manos me preguntó si podía hacerle una capucha. Yo le respondí que sí. Él debiose de imaginar que yo le quería hurtar parte del paño, fundándose en su mala opinión de los sastres, y me replicó si habría para dos. Adivinele el pensamiento y díjele que sí. Así llegamos a cinco caperuzas. Y ahora yo se las doy, y no me quiere pagar la hechura, antes me pide que le devuelva su paño.

—Hágale vuestra merced que muestre las cinco caperuzas que me ha hecho —dijo el labrador.

El sastre sacó la mano y mostró en ella cinco caperuzas, puestas en las cinco cabezas de los dedos.

Todos los presentes rieron. Sancho se puso a considerar un poco, y dijo:

—Paréceme que en este pleito no ha de haber largas dilaciones. Y así, yo doy por sentencia que el sastre pierda las hechuras, el labrador el paño, y no haya más.

Luego se presentaron dos hombres ancianos. Uno traía un báculo de caña, y el que iba sin báculo dijo:

—Señor, a este buen hombre le presté diez escudos de oro. Se los he pedido una y muchas veces, y, no solamente no me los vuelve, sino que dice que ya me los ha devuelto.

—¿Qué decís vos a eso, buen viejo del báculo? —dijo Sancho.

—Yo, señor, confieso que me lo prestó. Y juraré que se los he devuelto y pagado real y verdaderamente.

Bajó el gobernador la vara de mando. El viejo del báculo dio el báculo al otro viejo, que se lo sostuviera en tanto que juraba, y luego puso la mano en la cruz del báculo y juró. Visto lo cual, Sancho estuvo como pensativo un pequeño espacio, y después dijo:

—Dadme, buen hombre, ese báculo, que le he menester.

Tomole Sancho y, dándoselo al otro viejo, le dijo:

—Andad con Dios, que ya vais pagado.

—¿Yo, señor? —respondió el viejo—. ¿Vale esa cañeja diez escudos de oro?

—Sí —dijo el gobernador—, o yo soy el mayor mentecato del mundo. Y ahora se verá si tengo yo caletre para gobernar todo un reino.

Y mandó que delante de todos se rompiese y se abriese la caña. Hízose así, y en el corazón de ella hallaron diez escudos de oro. Dijo Sancho que había colegido que en aquella cañeja estaban los escudos, al haber visto al viejo que juraba dar a su contrario el báculo mientras juraba, y en acabando de jurar tornárselo a pedir. Y todos tuvieron a su gobernador por un nuevo Salomón.

Cuenta la historia que desde el juzgado llevaron a Sancho a un suntuoso palacio, donde en una sala estaba puesta una real y limpísima mesa. Iba Sancho a comer, cuando el secretario dijo que traía negocio para tratarle a solas. Mandó Sancho despejar la sala, y el secretario leyó una carta que así decía: «*A mi noticia ha llegado, señor don Sancho Panza, que unos enemigos míos y de esta ínsula la han de dar asalto furioso, no sé qué noche. Conviene velar y estar alerta. Vuestro amigo El DUQUE.*»

—No coma vuestra merced de todo lo que está en la mesa —dijo el secretario—, porque lo han preparado unas monjas enemigas del duque.

—No lo niego —respondió Sancho, mohíno—, pero denme pan y unas uvas, que en ellas no podrá venir veneno, porque no puedo pasar sin comer.

Levantose el señor gobernador al día siguiente, y le hicieron desayunar cuatro tragos de agua fría. Padecía hambre Sancho y en secreto maldecía el gobierno y a quien se lo había dado. Pero aun con su hambre se puso a juzgar, y lo primero que se le ofreció fue el problema de un forastero, que dijo:

—Señor, un caudaloso río dividía un señorío. Sobre el río estaba un puente con cuatro jueces que juzgaban la ley de esta forma: «Si alguno pasare por este puente, ha de jurar primero adónde va. Y, si jurare verdad, déjenle pasar. Y, si dijere mentira, muera por ello ahorcado sin remisión alguna.» Sucedió que tomando juramento a un hombre, juró y dijo que iba a morir en aquella horca que allí estaba. «Si a este hombre le dejamos pasar libremente —dijeron los jueces—, mintió en su juramento y debe morir, y si le ahorcamos, él juró que iba a morir y, habiendo jurado verdad, por la misma ley debe ser libre.» Pídese a vuestra merced qué harán los jueces del tal hombre, que aún ahora están dudosos y suspensos.

—Venid acá, buen hombre —respondió Sancho—. Este pasajero que decís tiene la misma razón para morir que para vivir y pasar el puente. Y, puesto que están en balanza las razones de condenarle o absolverle, que le dejen pasar libremente, pues me viene a la memoria un precepto de mi señor don Quijote: que fue que, cuando la justicia estuviese en duda, me decantase y acogiese a la misericordia.

—Así es —respondió el mayordomo—, y yo daré la orden de que luego el señor gobernador coma muy a su gusto.

Y cumplió su palabra, en contra de las instrucciones de su señor duque, pareciéndole ser cargo de conciencia matar de hambre a tan discreto gobernador.

Además, pensaba concluir con él aquella misma noche, haciéndole la burla última que traía en comisión hacerle.

Estando Sancho en la cama, oyó tan gran ruido de campanas y de voces, que no parecía sino que toda la ínsula se hundía. Salió a la puerta de su aposento, cuando vio venir por unos corredores a más de veinte personas que gritaban:

—¡Han entrado infinitos enemigos en la ínsula y somos perdidos! Ármese vuestra merced, y sea nuestro guía y nuestro capitán, pues le toca el serlo, siendo nuestro gobernador.

Y al momento le trajeron dos paveses, y le pusieron un pavés delante y otro detrás, y le liaron muy bien con unos cordeles, de modo que quedó emparedado, derecho como un huso, sin poder doblar las rodillas.

—Ande, señor gobernador —le dijeron—, que más el miedo que las tablas le impide el paso.

Probó el pobre gobernador a moverse, y fue a dar consigo en el suelo tan gran golpe, que pensó que se había hecho pedazos. Quedó como un galápago cubierto con sus conchas, y no por verle caído le tuvieron compasión. Unos tropezaban en él, otros caían, y tal hubo que se le puso encima un buen rato. Por fin, cuando menos lo esperaba, oyó Sancho voces que decían:

—¡Victoria! ¡Los enemigos van de vencida!

Luego le levantaron, le limpiaron, sentose él sobre su lecho y desmayose del sobresalto y del trabajo. Al volver en sí, preguntó qué hora era y, sin decir otra cosa, comenzó a vestirse todo en silencio. Y poco a poco, porque estaba molido, se fue a la caballeriza, y, llegándose al rucio, le abrazó y, no sin lágrimas en los ojos, le dijo:

—Venid acá, compañero mío y amigo mío, y conllevador de mis trabajos y miserias. Después que os dejé y me subí a las torres de la ambición, se me han entrado por el alma adentro mil trabajos y cuatro mil desasosiegos. Yo no nací para ser gobernador. Vuestras mercedes se queden con Dios, y digan al duque mi señor que, desnudo nací, desnudo me hallo: ni pierdo ni gano. Quiero decir que sin blanca entré en este gobierno, y sin ella salgo, bien al revés de como suelen salir los gobernadores. Y saliendo yo desnudo, como salgo, no es menester otra señal para dar a entender que he gobernado como un ángel.

Abrazáronle todos, y él, llorando, abrazó a todos, y los dejó admirados, así de sus razones, como de su determinación tan resoluta y tan discreta.

Capítulo 7
De lo que sucedió a don Quijote yendo a Barcelona

Ya le pareció a don Quijote que era bien salir de tanta ociosidad como la que en aquel castillo tenía. Habiéndose despedido la noche anterior de los duques, una mañana se puso en camino, y, al verse en la campaña rasa, le pareció que estaba en su centro y que los espíritus se le renovaban y volviéndose a Sancho, le dijo:

—La libertad, Sancho, es uno de los más preciosos dones que a los hombres dieron los cielos. Por la libertad, así como por la honra, se puede y se debe aventurar la vida. Digo esto, Sancho, porque los banquetes que hemos tenido no los gozaba con la libertad que los gozara si fueran míos, que las recompensas recibidas son ataduras que no dejan campear el ánimo libre.

—Con todo eso —dijo Sancho—, no está bien que queden sin agradecimiento de nuestra parte doscientos escudos de oro que en una bolsilla me dio el mayordomo del duque.

En estos y otros razonamientos iban los andantes, cuando a una legua de allí descubrieron una venta. Digo que era venta, porque don Quijote la llamó así, fuera del uso que tenía de llamar a todas las ventas castillos.

Llegose la hora de cenar y recogiéronse a su estancia, cuando parece ser que en otro aposento, contiguo al de don Quijote, pues no lo dividía más que un sutil tabique, oyó decir don Quijote:

—Señor don Jerónimo, en tanto el ventero nos trae la cena, leamos otro capítulo de la segunda parte de *Don Quijote de la Mancha*.

—¿Para qué quiere vuestra merced que leamos estos disparates? —respondió el tal don Jerónimo—. Lo que a mí más me desplace en este libro es que pinta a don Quijote ya desenamorado de su señora Dulcinea del Toboso.

Oyendo lo cual don Quijote, lleno de ira y de despecho, alzó la voz y dijo:

—A quienquiera que dijese que don Quijote de la Mancha ha olvidado, o puede olvidar, a Dulcinea del Toboso, yo le haré entender con mis armas que va muy lejos de la verdad.

—¿Quién es el que nos responde? —exclamaron desde el otro aposento.

—¿Quién ha de ser —dijo Sancho—, sino el mismo don Quijote de la Mancha?

Entraron entonces en el aposento dos caballeros, y uno de ellos echó los brazos al cuello de don Quijote y le dijo:

—Ni vuestra presencia puede desmentir vuestro nombre, ni vuestro nombre puede no acreditar vuestra presencia, a pesar del autor de este libro que aquí os entrego, que ha querido usurpar vuestro nombre.

Don Quijote comenzó a hojearlo, y de allí a un poco se lo devolvió, diciendo:

—En esto poco que he visto he hallado cosas dignas de represión. Y puesto que en él se dice que entré en Zaragoza, no pondré los pies allí, y así echarán de ver las gentes que yo no soy el don Quijote que él dice.

—Hará muy bien —le respondieron—, porque hay otras justas y torneos en Barcelona, donde podrá el señor don Quijote mostrar su valor.

—Así lo pienso hacer —dijo don Quijote.

Sucedió que en más de seis días no le sucedió cosa digna de ponerse en escritura. Al cabo de los cuales, yendo fuera del camino, le tomó la noche entre sus espesas encinas. Apeáronse de sus bestias amo y mozo, cuando Sancho sintió que le tocaban en la cabeza, y, alzando las manos, topó con dos pies de persona. Tembló de miedo y dio voces llamando a don Quijote, que le socorriese. Tentó los pies don Quijote, cayó enseguida en la cuenta de lo que podían ser y dijo a Sancho:

—No tienes de qué tener miedo, porque estos pies y piernas que tientas y no ves, sin duda son de bandoleros que en estos árboles están ahorcados, pues por aquí los ahorca la justicia cuando los coge, de veinte en veinte y de treinta en treinta. Por donde me doy a entender que debo de estar cerca de Barcelona.

Ya en esto amanecía y, si los muertos los habían espantado, no menos los atribularon más de cuarenta bandoleros vivos que de improviso los rodearon, diciéndoles en lengua catalana que se estuvieran quietos hasta que llegase su capitán. Acudieron luego los bandoleros a no dejar ninguna cosa de cuantas el rucio en las alforjas traía, y a escardar lo que entre cuero y carne llevara escondido Sancho.

Llegó en esto su capitán, el cual mostró ser de hasta treinta y cuatro años. Venía sobre un poderoso caballo, y con cuatro pistoletes —que en aquella tierra llaman pedreñales— a los lados. Vio que sus escuderos, que así llaman a los que andan en aquel ejercicio, iban a despojar a Sancho Panza. Mandoles que no lo hiciesen, y así se salvó la bolsilla con los escudos. Admirole ver la lanza arrimada a un árbol, y a don Quijote armado y pensativo, con la más triste figura que pudiera formar la misma tristeza. Llegose a él, diciéndole:

—No estéis tan triste, buen hombre, porque habéis caído en las manos de Roque Guinart, que tienen más de compasivas que de rigurosas.

—No es mi tristeza por haber caído en tu poder —respondió don Quijote—, sino por haber sido tal mi descuido que me hayan cogido tus soldados, estando yo obligado, por las leyes de la caballería andante que profeso a vivir de continuo alerta.

Entonces conoció Roque Guinart que la enfermedad de don Quijote tocaba más en locura que en valentía, y holgose en extremo de haberle encontrado, para tocar de cerca lo que de lejos de don Quijote había oído.

Mandó luego Roque Guinart traer allí delante todo aquello que desde la última repartición había robado, y lo repartió por toda su compañía, con tanta legalidad y prudencia que todos quedaron contentos, satisfechos y pagados.

—Si no se guardase esta puntualidad con éstos —dijo Roque a don Quijote—, no se podría vivir con ellos.

A lo que dijo Sancho:

—Según lo que aquí he visto, es tan buena la justicia, que es necesario que se use incluso entre los mismos ladrones.

Oyolo un bandolero y enarboló la culata de un arcabuz, con la cual, sin duda, le abriera la cabeza, si Roque Guinart no diera voces que se detuviese. Pasmose Sancho, y se propuso no descoser los labios en adelante. Llegó en esto uno de aquellos escuderos que estaban puestos de centinelas, y éste dijo que por el camino de Barcelona se acercaba un gran tropel de gente.

—¿Has echado de ver —preguntó Roque— si son de los que nos buscan, o de los que nosotros buscamos?

—De los que buscamos —respondió el escudero.

Mandó Roque que se los trajesen todos, sin que escapase ninguno. Y en la espera dijo Roque a don Quijote:

—Yo, de mi natural, soy compasivo y bien intencionado, pero el querer vengarme de un agravio que se me hizo da con todas mis buenas intenciones en tierra. Y, como un abismo llama a otro y un pecado a otro pecado, se han eslabonado las venganzas de modo que tomo a mi cargo, no sólo las mías, sino también las ajenas.

—Señor Roque —respondió don Quijote—, vuestra merced está enfermo, conoce su dolencia, y Dios, que es nuestro médico, le aplicará medicinas que le sanen, las cuales suelen sanar poco a poco y no de repente y por milagro. Véngase conmigo y pasará tantas desventuras que, tomándolas por penitencias, se ganará el cielo.

Riose Roque del consejo de don Quijote. Y en este punto llegaron los bandoleros con sus presas, que eran dos capitanes de Nápoles, dos peregrinos y un coche de mujeres con hasta seis criados. Roque ordenó despojarles de sus escudos, que entre todos sumaban novecientos, oyendo lo cual los salteadores, levantaron la voz y dijeron:

—¡Viva Roque Guinart muchos años, a pesar de los *lladres* que procuran su perdición!

Con todo, apiadado de su tristeza, ordenó Roque Guinart se dejase a los asaltados escudos suficientes para proseguir su camino. A lo cual, uno de los escuderos dijo en su lengua catalana:

—Este nuestro capitán más sirve para *frade* que para bandolero; si en adelante quisiere mostrarse liberal, séalo con su hacienda y no con la nuestra.

No lo dijo tan bajo el desventurado, que dejase de oírlo Roque, el cual, echando mano a la espada, le abrió la cabeza en dos partes, diciendo:

—De esta manera castigo yo a los deslenguados y atrevidos.

Pasmáronse todos, y ninguno osó decir palabra: tanta era la obediencia que le tenían.

Apartose entonces Roque a escribir una carta a un amigo de Barcelona, dándole aviso de que de allí a cuatro días llegaría el famoso don Quijote de la Mancha, y que diese noticia de esto a sus amigos los Niarro, para que con él se solazasen, pues él quisiera que carecieran de esta diversión sus enemigos, los Cadells. Despachó la carta con uno de sus escuderos, que, mudando el traje de bandolero por el de labrador, entró en Barcelona y se la dio a quien iba.

Capítulo 8
Que trata de la aventura que más pesadumbre dio a don Quijote de cuantas hasta entonces le habían sucedido

Don Quijote y Sancho llegaron a la playa de Barcelona la víspera de San Juan. Vieron el mar, hasta entonces de ellos no visto. Parecioles espaciosísimo y largo, harto más que las lagunas de Ruidera, y vieron las galeras llenas de gallardetes que tremolaban al viento.

En esto se les acercó un grupo de hombres con libreas, uno de los cuales le dijo:

—Vuestra merced, señor don Quijote, se venga con nosotros a casa de don Antonio Moreno, que todos somos sus servidores y grandes amigos de Roque Guinart.

Don Antonio Moreno, que era caballero rico y discreto, y amigo de holgarse a lo afable, lo primero que hizo fue hacer desarmar a don Quijote y sacarle a pasear, no sobre Rocinante, sino sobre un gran macho de paso llano. En sus espaldas, sin que lo viese, sus criados le cosieron un pergamino, donde escribieron con letras grandes: *Este es don Quijote de la Mancha*. En comenzando el paseo, admirábase don Quijote de ver cuantos le miraban, le nombraban y conocían, pero un castellano que leyó el rótulo de las espaldas alzó la voz, diciendo:

—Tú eres loco, y, si lo fueras a solas y dentro de las puertas de tu locura, fuera menos mal, pero tienes la propiedad de volver mentecatos a cuantos te tratan y comunican. Si no, míralo por estos señores que te acompañan.

—Hermano —dijo don Antonio—, seguid vuestro camino y no deis consejos a quien no os lo pide.

Al otro día, quiso don Antonio hacer la experiencia de una cabeza encantada que, según él, tenía. Y con don Quijote, Sancho y otros dos amigos, y dos señoras, se encerró en la estancia donde estaba la cabeza, la cual era de bronce y estaba puesta sobre un pedestal, al modo de las cabezas de los emperadores romanos.

—Esta cabeza, señor don Quijote —dijo don Antonio—, ha sido fabricada por uno de los mayores hechiceros que ha tenido el mundo, y tiene la virtud de responder a cuantas cosas al oído le preguntaren.

El primero que se llegó al oído de la cabeza fue el mismo don Antonio, y díjole:

—Dime, cabeza: ¿qué pensamientos tengo yo ahora?

Y la cabeza le respondió, sin mover los labios:

—Yo no juzgo de pensamientos.

Oyendo lo cual todos quedaron atónitos, y más viendo que alrededor de la mesa no había persona humana que responder pudiese. Y, como las mujeres de ordinario son amigas de saber, la primera que se acercó fue una de ellas, y lo que preguntó fue:

—Dime, cabeza, ¿qué haré para ser muy hermosa?

—Sé muy honesta.

—No te pregunto más —dijo la preguntanta.

—Dime, cabeza —dijo uno de los amigos de don Antonio—, ¿qué deseo tiene mi hijo mayor?

—Yo no juzgo de deseos —fue la respuesta—, pero, con todo, te sé decir que los que tu hijo tiene son de enterrarte.

Llegose luego don Quijote y dijo:

—¿Fue verdad o sueño lo que yo cuento que me pasó en la cueva de Montesinos? ¿Serán ciertos los azotes de Sancho mi escudero? ¿Tendrá efecto el desencanto de Dulcinea?

—A lo de la cueva —respondiéronle—, hay mucho que decir: de todo tiene. Los azotes de Sancho irán despacio. El desencanto de Dulcinea llegará a debida ejecución.

El último preguntante fue Sancho, y lo que preguntó fue:

—¿Por ventura, cabeza, tendré otro gobierno? ¿Saldré de la estrechez de escudero?

—Gobernarás en tu casa, cuando vuelvas a ella —le respondieron—, y, dejando de servir, dejarás de ser escudero.

Con esto se acabaron las preguntas, pero no la admiración de todos, excepto de los dos amigos de don Antonio, que el secreto sabían. Y dice Cide Hamete que la cabeza y su pedestal estaban todos huecos, con un cañón de hoja de lata que venía a dar a otro aposento debajo, donde se ponía un sobrino de don Antonio, estudiante agudo y discreto, que daba las respuestas. Y dice más Cide Hamete: que hasta diez o doce días duró esta maravillosa máquina, porque luego, habiéndose divulgado la hechicería por la ciudad, don Antonio tuvo que declarar el caso a los despiertos centinelas de nuestra Fe, y los señores inquisidores le mandaron que la destruyese, para que el vulgo ignorante no se escandalizase.

Diole gana otro día a don Quijote de pasear la ciudad a la llana y a pie, y sucedió que yendo por una calle alzó los ojos y vio escrito sobre una puerta: *aquí se imprimen libros,* de lo que se contentó mucho, porque hasta entonces no había visto imprenta alguna. Allí le fue presentado un traductor del toscano a la lengua castellana, y dijo don Quijote:

—Me parece que el traducir de una lengua a otra es como mirar tapices por el revés. No por eso digo que no sea loable este ejercicio del traducir, porque en otras cosas peores se podría ocupar el hombre, y que menos provecho le trajesen. Y así, dígame vuestra merced: de este libro, ¿tiene ya vendido el privilegio a algún editor?

—Por mi cuenta lo imprimo —respondió el autor—, y pienso ganar con él mil ducados, por lo menos.

—Bien parece que vuestra merced no sabe de cuentas —respondió don Quijote.

—Pues ¿qué? —dijo el autor—. ¿Quiere vuestra merced que se lo dé a un editor por tres maravedís, y aún piense que me hace un favor al dármelos?

—Dios le dé a vuestra merced buena suerte —respondió don Quijote.

Cuenta la historia que una mañana, saliendo don Quijote a pasearse por la playa armado de todas sus armas, vio venir hacia él un caballero, armado asimismo de punta en blanco, que en el escudo traía pintada una luna resplandeciente. El cual, en altas voces, le dijo:

—Insigne y alabado don Quijote de la Mancha, yo soy el Caballero de la Blanca Luna. Vengo a contender contigo, en razón de hacerte confesar que mi dama, sea quien fuere, es sin comparación más hermosa que tu Dulcinea del Toboso. Y, si tú peleares y yo te venciere, no quiero otra satisfacción sino que te retires a tu lugar, dejando las armas y absteniéndote de buscar aventuras.

Don Quijote quedó suspenso y atónito, así de la arrogancia del Caballero de la Blanca Luna como de la causa por que le desafiaba, y con reposo y ademán severo le respondió:

—Caballero de la Blanca Luna, de cuyas hazañas no han llegado hasta mí noticia, yo osaré jurar que jamás habéis visto a la ilustre Dulcinea. Tomad, pues, la parte de campo que quisieres, que yo haré lo mismo. Y a quien Dios se la diera, San Pedro se la bendiga.

Volvieron ambos las riendas a sus caballos, y el de la Blanca Luna chocó a la carrera con tan poderosa fuerza contra don Quijote, que dio con él y con Rocinante por el suelo, en una peligrosa caída. Fue luego sobre él y le dijo:

—Vencido sois, caballero, y aun muerto, si no confesáis las condiciones de nuestro desafío.

Don Quijote, molido y aturdido, sin alzarse la visera, como si hablara dentro de una tumba, con voz debilitada y enferma dijo:

—Dulcinea del Toboso es la más hermosa mujer del mundo, y yo el más desdichado caballero de la tierra. Aprieta, caballero, la lanza y quítame la vida, pues me has quitado la honra.

—Eso no haré yo —dijo el de la Blanca Luna—. Viva en su entereza la fama de la hermosura de la señora Dulcinea del Toboso, que yo me conformo sólo con que el gran don Quijote se retire a su lugar como concertamos.

A lo que don Quijote respondió que, como no le pidiese cosa que fuese en perjuicio de Dulcinea, todo lo demás cumpliría como caballero verdadero. Hecha esta confesión, el Caballero de la Blanca Luna a medio galope se entró en la ciudad, seguido de muchos curiosos, que no sabían si el desafío había sido de burlas o de veras, y de don Antonio Moreno, que se impacientaba por conocerle.

—Sabed, señor —le dijo el caballero—, que a mí me llaman el bachiller Sansón Carrasco. Soy del mismo lugar de don Quijote, y hará tres meses que salí de camino como caballero andante, con intención de vencerle para que se volviese a su lugar. Pero la suerte le ordenó de otra manera, porque él me venció. Mas no por eso se me quitó el deseo de volver a buscarle y a vencerle, como hoy se ha visto. Os suplico que no me descubráis ni le digáis quién soy, a fin de que se cumplan mis propósitos y vuelva a cobrar su juicio un hombre que lo tiene bonísimo, si se deja de las sandeces de la caballería.

Capítulo 9
De los agüeros que tuvo don Quijote al entrar en su aldea y del testamento que hizo y de su muerte

Al salir de Barcelona, yendo don Quijote desarmado y Sancho a pie, por ir el rucio cargado con las armas, volvió don Quijote a mirar el sitio donde había caído y dijo:

—¡Aquí fue Troya! ¡Aquí mi desdicha, y no mi cobardía, se llevó mis alcanzadas glorias! ¡Aquí, finalmente, cayó mi ventura para jamás levantarse!

Oyendo lo cual, Sancho dijo:

—He oído decir que esta que llaman Fortuna es mujer borracha y antojadiza y, sobre todo, ciega. Y, así, no ve lo que hace, ni sabe a quién derriba, ni a quién ensalza.

—Muy filosófico estás, Sancho —respondió don Quijote—, y muy a lo discreto hablas; no sé quién te lo enseña. Lo que yo te sé decir es que cada uno es artífice de su ventura, y que yo lo he sido de la mía, pero no con la prudencia necesaria.

En estas razones y pláticas se les pasó todo aquel día y aun otros cuatro, sin sucederles cosa que estorbase su camino. Y al quinto día llegaron a un prado, ante cuya visión don Quijote dijo:

—Si es que a ti te parece bien, querría, ¡oh Sancho!, que nos convirtiéramos en pastores, siquiera el tiempo que tengo que estar sin ser caballero andante. Yo compraré algunas ovejas, y todas las demás cosas necesarias al pastoral ejercicio, y llamándome yo *el pastor Quijotiz,* y tú *el pastor Pancino,* nos andaremos por los montes, cantando aquí, componiendo endechas allí y bebiendo de los líquidos cristales de las fuentes.

A lo que respondió Sancho:

—Yo, señor, soy tan desgraciado, que temo no ha de llegar el día en que en tal ejercicio me vea. Pero dejemos esto y, pues viene la noche, retirémonos del camino, y Dios sabe lo que será mañana.

Era la noche algo oscura, puesto que la luna no estaba en parte que pudiese ser vista. Y, apenas hubo dormido don Quijote el primer sueño, cuando, desvelado, despertó a Sancho y le dijo:

—Maravillado estoy, Sancho, de tu condición: imagino que eres hecho de mármol, en el que no cabe sentimiento alguno. De buenos criados es conllevar las penas de sus señores, siquiera por el buen parecer.

—No entiendo eso —replicó Sancho—. Sólo entiendo que, en tanto que duermo, no tengo temor, ni esperanza, ni trabajo, ni gloria. Sólo una cosa tiene mala el sueño, y es que se parece a la muerte.

—Nunca te he oído hablar, Sancho —dijo don Quijote—, tan elegantemente como ahora. Por donde vengo a conocer ser verdad el refrán que tú sueles decir: «No con quien naces, sino con quien paces.»

—¡Ah, señor nuestro amo! No soy yo ahora el que ensarta refranes. Los de vuestra merced vendrán a tiempo y los míos a deshonra, pero todos son refranes.

—Pues duerme tú, Sancho —respondió don Quijote—, que naciste para dormir. Que yo, que nací para velar, en el tiempo que falta de aquí al día daré rienda a mis pensamientos.

Iba el venido y asendereado don Quiote pensativo, cuando le dijo a Sancho:

—Sancho amigo, tu virtud no te ha costado estudio alguno, sino recibir martirios en tu persona. Pues bien, si quisieras paga por los azotes del desencanto de Dulcinea, ya te la hubiera dado. Mira, Sancho, azótate, y págate al contado, pues tienes dineros míos.

A cuyo ofrecimiento abrió Sancho los ojos y las orejas de un palmo, y dijo a su amo:

—Son tres mil trescientos azotes, que, a cuartillo cada uno, montan tres mil trescientos cuartillos, que son ochocientos veinticinco reales.

—¡Oh, Sancho bendito! ¡Oh, Sancho amable! —respondió don Quijote—. Y mira cuándo quieres comenzar la disciplina, que porque la abrevies te añado cien reales.

—¿Cuándo? —replicó Sancho—. Esta noche, sin falta, me abriré las carnes.

Llegó la noche, esperada de don Quijote con la mayor ansia del mundo. Sancho, haciendo del cabestro del rucio un poderoso azote, se retiró hasta veinte pasos de su amo, entre unas hayas. Don Quijote, que le vio ir con denuedo y con brío, le dijo:

—Mira, amigo, que no te hagas pedazos. Quiero decir, que no te des tan fuerte que te falte la vida antes de llegar al número deseado.

—Al buen pagador no le duelen prendas —respondió Sancho.

Desnudóse luego de medio cuerpo arriba y, arrebatando el cordel, comenzó a darse, y comenzó don Quijote a contar los azotes. Hasta seis u ocho se habría dado, cuando le pareció muy barato su precio y, deteniéndose, dijo a su amo que cada azote de aquéllos merecía ser pagado a medio real, que no a cuartillo.

—Prosigue, Sancho amigo, y no desmayes —le dijo don Quijote—, que yo doblo el precio.

—De ese modo —dijo Sancho—, ¡lluevan azotes!

Pero el socarrón dejó de dárselos en las espaldas, y daba en los árboles, con unos suspiros que parecía que con cada uno de ellos se le arrancaba el alma. Más de mil azotes llevaba, que ya había quitado la corteza a muchos árboles, cuando acudió don Quijote, el cual, con voz tierna y temerosa, le dijo:

—Por tu vida, amigo, se quede en este punto el negocio. No permita la suerte que por el gusto mío pierdas tú la vida, que ha de servir para sustentar a tu mujer y a tus hijos. Espere Dulcinea mejor coyuntura, que yo me contendré en los límites de la esperanza.

Según dice Cide Hamete, un día subieron una cuesta, desde donde descubrieron su aldea, la cual, vista de Sancho, se hincó éste de rodillas y dijo:

—Abre los ojos, deseada patria, y mira que vuelve a ti Sancho Panza tu hijo, si no muy rico, muy bien azotado. Recibe también a tu hijo don Quijote, que si viene vencido de los brazos ajenos, viene vencedor de sí mismo, que, según él me ha dicho, es el mayor vencimiento que desearse puede.

A la entrada del pueblo, vio don Quijote que en las eras estaban riñendo dos muchachos, y el uno le dijo al otro:

—No te canses, que no la has de ver en todos los días de tu vida.

Oyolo don Quijote y dijo a Sancho:

—¿No adviertes lo que aquel muchacho ha dicho? ¿No ves tú que, aplicado a mi intención, quiere significar que no tengo de ver más a Dulcinea?

Quería responder Sancho, cuando se lo estorbó una liebre, seguida de muchos galgos y cazadores, la cual, temerosa, se vino a agazapar debajo de los pies del rucio.

—*Malum signum! Malum signum!* —dijo don Quijote—. Liebre huye, galgos la siguen: ¡Dulcinea no aparece!

—Si no recuerdo mal —dijo Sancho—, he oído decir al cura de nuestro pueblo, y aun vuestra merced mismo me lo dijo en días pasados, que eran tontos todos aquellos cristianos que miraban en agüeros.

Finalmente, rodeados de muchachos y acompañados del cura y del bachiller, entraron en el pueblo, y se fueron a casa de don Quijote, y hallaron a la puerta al ama y a la sobrina, a quienes ya habían llegado las nuevas de su venida. Ni más ni menos se las habían dado a Teresa Panza, la cual, desgreñada y medio desnuda, trayendo de la mano a Sanchica, su hija, acudió a ver a su marido.

—Llevadme al lecho —dijo don Quijote—, que me parece que no estoy muy bueno.

Como las cosas humanas no son eternas, especialmente las vidas de los hombres, llegó a su fin y acabamiento la de don Quijote cuando él menos lo pensaba, porque, ya fuese de la melancolía que le causaba el verse vencido, o por la disposición del cielo, se le arraigó una calentura, que le tuvo seis días en la cama.

Llamaron sus amigos al médico, tomole el pulso y no le contentó mucho, y dijo que, por sí o por no, atendiese a la salud de su alma, porque la del cuerpo corría peligro. Rogó don Quijote que le dejasen solo, porque quería dormir un poco.

Durmió de un tirón, como dicen, más de seis horas. Despertó al cabo, y dando una gran voz, dijo:

—¡Bendito sea el poderoso Dios que tanto bien me ha hecho!

—¿Qué es lo que vuestra merced dice? —preguntole la sobrina.

—Digo que yo tengo juicio ya, libre y claro, sin las sombras que en él me pusieron los detestables libros de caballerías. Yo me siento, sobrina, a punto de muerte. Llámame, amiga, a mis buenos amigos, que quiero confesarme y hacer mi testamento.

Llegaron todos, y al punto quedose solo con él el cura, y confesole. Acabose la confesión, y salió el cura, diciendo:

—Verdaderamente se muere, y verdaderamente está cuerdo Alonso Quijano el Bueno.

El bachiller fue por el escribano, y a poco volvió con él y con Sancho Panza, el cual comenzó a hacer pucheros y a derramar lágrimas.

—Es mi voluntad —dijo don Quijote— que de ciertos dineros míos que Sancho Panza tiene no se le pida cuenta alguna; que si pudiera ahora, estando cuerdo, darle el gobierno de un reino, se lo diera, porque la sencillez de su condición y fidelidad de su trato lo merece.

—¡Ay! —dijo Sancho, llorando—. No se muera vuestra merced, señor mío, sino tome mi consejo y viva muchos años, porque la mayor locura que puede hacer un hombre en esta vida es dejarse morir, sin que nadie le mate. Mire no sea perezoso, sino levántese de esa cama, y vámonos al campo vestidos de pastores como tenemos concertado. Quizás detrás de alguna mata hallaremos a la señora Dulcinea desencantada. Si es que se muere de pesar de verse vencido, écheme a mí la culpa, diciendo que por haber yo cinchado mal a Rocinante le derribaron. Cuanto más que habrá visto en sus libros de caballerías que es cosa ordinaria que el que es vencido hoy sea vencedor mañana.

—El buen Sancho —dijo el bachiller— está muy en la verdad.

—Señores —contestó don Quijote—, vámonos poco a poco: yo fui loco, y ya soy cuerdo. Pueda mi arrepentimiento y verdad volverme a la estimación que de mí se tenía, y prosiga adelante el señor escribano con mi testamento.

Cerró finalmente el escribano el testamento de don Quijote. El cual, después de recibidos todos los sacramentos, entre compasiones y lágrimas de los que allí se hallaron, dio su espíritu, quiero decir que se murió.

Este fin tuvo el Ingenioso Hidalgo de la Mancha, cuyo lugar no quiso poner Cide Hamete, por dejar que todas las villas y lugares de la Mancha contendiesen entre sí por ahijársele y tenérsele por suyo.

Y el prudentísimo Cide Hamete dijo a su pluma:

—Aquí quedarás colgada, adonde vivirás luengos siglos, si presuntuosos historiadores no te descuelgan para profanarte. Pero antes que a ti lleguen, les puedes advertir y decirles: «Para mí sola nació don Quijote, y yo para él. El supo obrar y yo escribir. Solos los dos somos el uno para el otro. *Vale*».

Índice de algunos
de los nombres citados

ALDONZA LORENZO. Campesina de la que en otro tiempo estuvo enamorado Alonso Quijano antes de convertirse en don Quijote. (Ver *Dulcinea del Toboso*.)

ALIDAS. Damas alabadas por los poetas, de cuya existencia real duda don Quijote. (Cap. 7, I P.)

ALIFANFARÓN. Emperador fantástico que se cita en la aventura de los rebaños. (Cap. 6, I P.)

AMA, EL. Cervantes no da su nombre de pila. Vive con Alonso Quijano y su sobrina. Recibe un legado en el testamento de su señor.

AMADÍS DE GAULA. Protagonista de un libro de caballerías, modelo de libros posteriores y, muy especialmente, modelo de don Quijote. (Caps. 2 y 7, I P.)

ANGULO EL MALO. Director de una compañía de cómicos que protagoniza la aventura de la Carreta de la Muerte. (Cap. 2, II P.)

ANTONIO MORENO. Caballero barcelonés, amigo al mismo tiempo del bandolero Roque Guinart y del Virrey de Catalunya. (Cap. 8, II P.)

ARISTÓTELES. Filósofo griego. (Prólogo I, Cap. 1, I P.)

BABIECA. Caballo del Cid Campeador. (Dedicatorias y Cap. 1, I P.)

BARTOLOMÉ CARRASCO. Padre de Sansón Carrasco. (Cap. 1, II P.)

BASILIO. Enamorado de Quiteria cuyo ingenio impide la boda de ésta con el rico Camacho. (Cap. 4, II P.)

BARBERO, EL. Amigo de don Quijote que trama junto con el cura del pueblo su vuelta a casa en la primera parte de la obra.

BÉJAR, DUQUE DE. Protector de Cervantes, al que éste dedica la Primera Parte del *Quijote*.

BELERMA. Dama del Caballero Durandarte, encantada por el mago Merlín en la cueva de Montesinos. (Cap. 4, II P.)

CABALLERO DE LA BLANCA LUNA. Vence a don Quijote en la playa de Barcelona. (Ver *Sansón Carrasco*) (Cap. 8, II P.)

CABALLERO DEL BOSQUE. Nombre que da el narrador al Caballero de los Espejos.

CABALLERO DE LOS ESPEJOS. Es vencido por don Quijote. (Ver *Sansón Carrasco*.) (Cap. 2, II P.)

CABALLERO DE LOS LEONES. Sobrenombre que se da a sí mismo don Quijote tras la aventura de los leones, en sustitución al de Caballero de la Triste Figura. (Cap. 3, II P.)

CABALLERO DE LA TRISTE FIGURA. Sobrenombre que Sancho da a don Quijote tras la aventura de los encamisados. (Cap. 6, I P.)

CABALLERO DEL VERDE GABÁN. Sobrenombre que da don Quijote a don Diego de Miranda. (Cap. 3, II P.)

CACO. Bandido mitológico, hijo del dios Vulcano. (Cap. 1, I P.)

CADELLS. Familia barcelonesa, enemiga de los Niarro y del bandolero Roque Guinart.

CAMACHO. Rico campesino a cuyas frustradas bodas asiste don Quijote. (Cap. 4, II P.)

CANDAYA. Reino mitológico mencionado por la Dolorida. (Cap. 6, II P.)

CARDENIO. Joven enamorado de Dorotea. (Cap. 8, I P.)

CARNESTOLENDAS. Carnaval.

CARRETA DE LA MUERTE. Carro en que viajan los cómicos de la compañía de Angulo el Malo. (Cap. 2, II P.)

CASILDEA DE VANDALIA. Dama del Caballero de los Espejos. (Cap. 2, II P.)

CASTELLANO. Señor de un castillo; por extensión cualquier habitante de las Castillas.

CERVANTES, MIGUEL DE. Nació en Alcalá de Henares en 1547. Estudió humanidades con Juan López de Hoyos, y viajó a Italia, en 1568, al servicio de monseñor Acquaviva. En 1571 combatió y resultó herido en la batalla de Lepanto. Embarcado en Nápoles para regresar a España, fue apresado y permaneció cinco años (1575-1580) cautivo en Orán, intentando la fuga cuatro veces. Fue rescatado por los frailes trinitarios. Tras conseguir un empleo oficial, es apresado en 1592 y, después de tres meses, declarado inocente. Nuevamente es procesado y encarcelado, en Sevilla, en 1597. En 1604 se trasladó a Valladolid con su mujer, su hija natural, sus hermanas y su sobrina. Publicó en 1605 la Primera Parte del *Quijote*, y en 1613 las *Novelas ejemplares*. En 1614 apareció el falso *Quijote* de Avellaneda, y en 1615 la Segunda Parte del *Quijote* de Cervantes y sus *Comedias y entremeses*. Murió en Madrid el 22 de abril de 1616. Su obra póstuma, *Los trabajos de Persiles y Sigismunda*, se publicó un año más tarde. Aparece citado como autor, junto con alguna de sus obras, en el texto del *Quijote*. (Cap. 2, I P.)

CERVANTISTAS. (Ver Introducción) Entre los cervantistas españoles más reputados se encuentran Astrana Martín, Casalduero, Américo Castro, Madariaga, Mayans, Menéndez Pelayo, Ortega, Martín de Riquer, etc.

CIDE HAMETE BENENGELI. Supuesto historiador arábigo, testigo de las aventuras de don Quijote y primer escritor de la novela.

CIDE HAMETE BERENJENA. Así llama Sancho a Cide Hamete Benengeli. (Cap. 1, II P.)

CLARIDIANA. Amada por el Caballero del Febo. (Dedicatorias, I P.)

CLAVILEÑO. Caballo volador de madera, compuesto por Merlín, que propicia el desencanto de la Dolorida y sus damas. (Cap. 6, II P.)

COMIRÍN. Cabo de Ceilán, que se abre al golfo de Bengala. La Dolorida afirma que se encuentra a dos leguas del reino mitológico de Candaya. (Cap. 6, II P.)

CUPIDO. Dios romano del amor. (Cap. 2, II P.)

CURA, EL. Amigo de don Quijote que trama con el barbero del pueblo su vuelta a casa en la primera parte de la obra.

DIANAS. Damas alabadas por los poetas, de cuya existencia real duda don Quijote. (Cap. 7, I P.)

DIEGO DE MIRANDA. Caballero manchego, presentado por el autor como modelo de buen cristiano. (Cap. 3, II P.)

DOROTEA. Joven enamorada de Cardenio. (Cap. 8, I P.)

DULCINEA DEL TOBOSO. Nombre caballeresco que el Quijote da a la campesina Aldonza Lorenzo.

DURANDARTE. Caballero francés muerto en Roncesvalles, amigo de Montesinos y amante de Belerma. (Cap. 4, II P.)

ERASMO DE ROTTERDAM. Humanista holandés (1469-1536), impulsor, dentro de la ortodoxia, de un movimiento de reforma espiritual del cristianismo. Su obra más famosa es el *Elogio de la locura*, libro que fue prohibido por la Inquisición Española. (Ver Introducción.)

FEBO. Protagonista del *Caballero del Febo*. (Aparece en las dedicatorias a la I Parte.)

FIERABRÁS, BÁLSAMO DE. Remedio milagroso que compone don Quijote. (Cap. 5, I P.)

FRADE. En el catalán de la época, fraile. (Cap. 7, II P.)

FRESTÓN. Nombre que don Quijote da al mago que ha hecho desaparecer su biblioteca. (Cap. 3, I P.)

GAIFEROS, DON. Caballero francés protagonista de numerosos romances; rescata a su esposa Melisendra, cautiva en Sansueña (Zaragoza). (Cap. 5, II P.)

GALATEAS. Damas alabadas por los poetas, de cuya existencia real duda don Quijote. (Cap. 7, I P.)

GINEBRA. Esposa del rey Arturo y amante del Caballero Lanzarote del Lago. (Cap. 5, I P.)

GINÉS DE PASAMONTE. Delincuente liberado por don Quijote en la aventura de los galeotes, y autor de una autobiografía picaresca. (Cap. 7, I P.)

GOLIAS O GOLIAT. Gigante filisteo muerto por David. (Prólogo, I P.)

GUADIANA. Río, y escudero del caballero Durandarte convertido en río por Merlín. (Cap. 4, II P.)

HOMERO. Poeta griego autor de la *Ilíada* y la *Odisea*. (Cap. 3, II P.)

JERÓNIMO. Caballero que lee el *Quijote* de Avellaneda. (Cap. 7, II P.)

JUANA PANZA. Nombre que en un principio da Cervantes a la mujer de Sancho Panza, y a la que finalmente llamará Teresa Panza. (Cap 9, I P. y Cap 10, II P.)

LA GALATEA. Primera obra publicada por Cervantes en 1585. Su segunda parte no llegó a ver la luz, pese a que así lo anunciaba su autor. (Cap. 2, I P.)

LAZARILLO DE TORMES. Novela anónima publicada en 1554, introductora de la picaresca y el realismo en la narrativa moderna. (Ver Introducción.)

LEMOS, CONDE DE. Protector de Cervantes al que éste dedica la Segunda Parte del *Quijote*.

LORENZO CORCHUELO. Padre de Aldonza Lorenzo. (Cap. 7, I P.)

LOS DUQUES. El autor no menciona el nombre de su ducado, en tierras de Aragón; traman diversas burlas contra don Quijote y Sancho. (Caps. 5 y 6, II P.)

LLADRES. En catalán, ladrones. Los bandoleros llaman *lladres* a los guardias que les persiguen. (Cap. 7, II P.)

MAESE PEDRO. Titiritero que representa el retablo de Melisendra. (Cap. 5, II P.)

MALAMBRUNO. Mago que profetiza el desencanto de la Dolorida. (Cap. 6, II P.)

MAMBRINO. Fabuloso propietario del yelmo conquistado por don Quijote a un barbero. (Cap. 6, I P.)

MARITORNES. Criada asturiana, causa de una memorable pelea nocturna. (Cap. 5, II P.)

MARSILIO. Rey moro de Sansueña (Zaragoza) que tiene cautiva a Melisendra. (Cap. 5, II P.)

MELISENDRA. Dama del Caballero don Gaiferos, cautiva en Sansueña (Zaragoza) (Cap. 5, II P.)

MERLÍN. Famoso mago, hijo del diablo, presente en numerosos libros de caballerías de los ciclos artúricos. (Caps. 4 y 6, II P.)

MICOMICÓN. Reino fabuloso del que dice proceder Dorotea. (Cap. 9, I P.)

MONTESINOS. Cueva cercana al nacimiento del Guadiana, y nombre del guardián de su palacio subterráneo, amigo del Caballero Durandarte. (Cap. 4, II P.)

MONTIEL, CAMPO DE. Escenario de la aventura de los molinos de viento. (Cap. 3, I P.)

NIARRO. Familia barcelonesa, protectora del bandolero Roque Guinart.

PANCINO. Nombre que da don Quijote a Sancho Panza, para cuando se entreguen al ejercicio pastoril. (Cap. 9, II P.)

PANDAFILANDO DE LA FOSCA VISTA. Gigante que usurpa el trono del rey de Micomicón. (Cap. 9, I P.)

PERSILES. Obra póstuma de Cervantes, cuyo título completo es *Los trabajos de Persiles y Sigismunda*. (Prólogo a la II P.)

QUIJANO, ALONSO. Nombre del hidalgo manchego que al volverse loco pasará a llamarse don Quijote. Sus vecinos le apodan «el Bueno».

QUIJOTE, DON. Nombre caballeresco que se da a sí mismo Alonso Quijano, y por el que se conoce la novela *(Don Quijote de la Mancha)*. La Primera Parte fue publicada en 1605, y la Segunda en 1615.

QUIJOTIZ. Nombre que se da a sí mismo don Quijote, para cuando se entregue al ejercicio pastoril. (Cap. 9, II P.)

QUITERIA. Novia de Camacho, enamorada de Basilio. (Cap. 4, II P.)

ROCINANTE. Nombre del caballo de don Quijote. El autor explica los motivos de la elección del nombre. (Cap. 1, I P.)

ROLDÁN. Famoso protagonista de innumerables romances franceses y españoles, muerto en Roncesvalles. (Cap. 7, I P.)

ROQUE GUINART. Bandolero catalán; su aparición introduce los dos únicos muertos por arma blanca de toda la novela. (Cap. 7, II P.)

RUIDERA. Lagunas en el nacimiento del Guadiana; dueña de la señora Balerma. (Cap. 4, II P.)

SAN BASILIO. Citado como autoridad teológica. (Prólogo a la I Parte).

SANCHICA. Hija de Sancho y Teresa Panza. (Cap. 9, II P.)

SANCHO PANZA. Campesino vecino de don Quijote, que le sirve de escudero, segundo protagonista de la novela, y fiel contrapunto de la figura de don Quijote. (Ver Introducción.)

SANSÓN CARRASCO. Bachiller por Salamanca y vecino de don Quijote. Trama la vuelta de don Quijote a casa en la II Parte de la novela, haciéndose pasar sucesivamente por el Caballero de los Espejos y de la Blanca Luna.

SANSUEÑA. Nombre arábigo de Zaragoza. (Cap. 5, II P.)

SANTA HERMANDAD. Cuerpo rural de alguaciles o policías, contemporáneos a Cervantes. (Cap. 7, I P.)

SOBRINA, LA. Cervantes no da su nombre de pila. Vive con su tío, Alonso Quijano, y el ama.

TAJO. Río citado como muestra de erudición pedante e innecesaria. (Prólogo a la I P.)

TERESA PANZA. Mujer de Sancho Panza.

TIRANTE EL BLANCO. Protagonista del libro de caballerías escrito por Joanot Martorell *(Tirant lo Blanc)*. (Cap. 2, I P.)

TOMÉ CECIAL. Vecino y amigo de Sancho Panza, que hace de escudero al Caballero de los Espejos. (Cap. 2, II P.)

TORDESILLAS. Pueblo en el que Cervantes afirma «se engendró» el *Quijote* de Avellaneda, autor al que no cita por su nombre, pero contra el que escribe el Prólogo a la Segunda Parte. (Prólogo, II P.)

VIRGILIO. Poeta latino, autor de la *Eneida*. (Cap. 3, II P.)

VIZCAÍNO, EL. Escudero que se bate con don Quijote. (Caps. 3 y 4, I P.)

Índice

Prólogo   5
Introducción   11

Primera parte del ingenioso hidalgo don Quijote de la Mancha   33
Prólogo   35
Al libro de don Quijote de la Mancha   40
    El Caballero del Febo a don Quijote de la Mancha   40
    Diálogo entre Babieca y Rocinante   41
1. Alonso Quijano pierde el juicio y se arma caballero   42
2. De lo que le sucedió a nuestro caballero, y del grande escrutinio que el cura y el barbero hicieron en la librería de nuestro hidalgo   49

3. De la segunda salida de nuestro buen caballero don Quijote de la Mancha, y de las espantables y jamás imaginadas aventuras que le sucedieron en compañía de Sancho Panza, su escudero   53
4. Donde se da fin a la batalla que el gallardo vizcaíno y el valiente manchego tuvieron, y donde se trata del discurso de don Quijote a unos cabreros   58
5. De las innumerables desventuras que el bravo de don Quijote y su escudero pasaron en una venta   63
6. Donde se cuentan otras muchas y fantásticas aventuras dignas de ser contadas   72
7. De la libertad que dio don Quijote a muchos desdichados y de las muy extrañas aventuras que en Sierra Morena le sucedieron   82
8. De cómo el cura y el barbero se las ingeniaron para llevar a don Quijote a su pueblo y casa   94
9. De los sabrosos razonamientos que pasaron entre don Quijote y Sancho Panza, y de otras muchas cosas dignas de saberse   101

Segunda parte del ingenioso caballero don Quijote de la Mancha   111
Prólogo   113

1. Donde se cuenta lo que le sucedió a don Quijote en su tercera salida, yendo a ver a su señora Dulcinea del Toboso ... 115
2. Que sigue al 1, y en el que se narran los encuentros con la carreta de la Muerte y con el bravo Caballero de los Espejos ... 125
3. De lo que sucedió a don Quijote con un discreto caballero de la Mancha y de la felizmente acabada aventura de los leones ... 135
4. Donde se cuentan las bodas de Camacho y otros gustosos sucesos ... 142
5. Donde se cuenta la aventura del titiritero, con otras cosas que dice Benengeli, que las sabrá quien las leyere ... 152
6. De sucesos que atañen a esta memorable historia y de cómo Sancho Panza tomó posesión de su ínsula ... 159
7. De lo que sucedió a don Quijote yendo a Barcelona ... 173
8. Que trata de la aventura que más pesadumbre dio a don Quijote de cuantas hasta entonces le habían sucedido ... 181
9. De los agüeros que tuvo don Quijote al entrar en su aldea y del testamento que hizo y de su muerte ... 188

Índice de algunos de los nombres citados ... 197

ALFAGUARA
Clásicos

CLÁSICOS INOLVIDABLES PARA DEJAR VOLAR LA IMAGINACIÓN

Un caluroso día de verano, Alicia decide seguir a un conejo blanco con chaleco y reloj que parece tener mucha prisa, es más, no hace más que repetir una frase: "¡Dios mío, Dios mío! ¡Qué tarde voy a llegar!". Y dentro de su madriguera, llegará a un reino maravilloso donde todo es posible: conocerá a personajes inolvidables, algunos un poquito "chalados", como el Sombrero Loco y la Liebre de Pascua, un pájaro Dodo y... ¡hasta una reina de corazones empeñada en cortar cabezas!

Uno de los libros más emblemáticos de la literatura occidental de todos los tiempos.

El libro de Mowgli es la fascinante historia de un niño adoptado por una manada de lobos. Con ellos y junto al oso Baloo y la pantera negra Bagheera, vivirá increíbles aventuras y tendrá que aprender que en la selva solo hay una ley, una ley que gobierna a todos los animales, y es que sobrevivimos gracias a la manada. En el camino, sin embargo, debe conocer cuáles fueron sus orígenes y enfrentarse a sus temores y a su más feroz enemigo, el tigre Sher-Khan.

Uno de los libros más queridos por los niños y del autor merecedor del premio Nobel.

OTROS TÍTULOS

ROALD DAHL

Charlie y la fábrica de chocolate
Las Brujas
Matilda
Cuentos en verso para niños perversos
Charlie y el gran ascensor de cristal
La maravillosa medicina de Jorge
El superzorro
La Jirafa, el Pelícano y el Mono
Danny, el campéon del mundo
Agu Trot
Los Cretinos
El dedo mágico
¡Qué asco de bichos! y El cocodrilo enorme
El Gran Gigante Bonachón
Boy. Relatos de infancia
James y el melocotón gigante
Volando solo

MICHAEL ENDE

Momo
La historia interminable

Este libro se terminó de imprimir
en el mes de noviembre de 2015